I0529635

The Independent Bookworm

Über das Buch

Es war einmal in einer Welt, in der Magie und Technik mit unerwarteten Konsequenzen aufeinander treffen …

Bellarosa schläft, vergessen ist ihr bisheriges Leben. In ihren Träumen kann sie die Welt in ihrem Kopf nur beobachten und fragt sich deshalb, ob sie real ist. Eines Tages stolpert Tolliver in einen Tunnel, der zu ihrer Ruhestädte führt, und er kann sie hören. Je länger Anteil sie an seinem Leben nimmt, desto mehr verliebt sie sich. Doch ist Tolliver ein Produkt ihrer Fantasie oder ist er ein echter Mensch? Kann sich Bellarosa rechtzeitig erinnern und die Wahrheit über ihren langen Schlaf herausfinden, bevor sie Tolliver und ihr eigenes Leben verliert?

Was wäre, wenn die Brüder Grimm die Träume von „Dornröschen" gekannt hätten?

Über die Autorin

Katharina Gerlach hat seit ihrer Geburt den Kopf in den Wolken. Früher lebte sie mit drei jüngeren Brüdern mitten in einem Wald im Herzen der Lüneburger Heide. Tagelang verschwand sie in magischen Abenteuern, vergangenen Zeiten oder unheimlichen Märchenwäldern, denn auch junge Wilde lernen irgendwann Lesen.

Auf die Erde kehrte sie nie lange zurück. Eines Tages wurde ihr klar, dass sie schreiben muss, wenn ihr Traum, ihre Geschichten zu teilen, wahr werden sollte.

Katharina schreibt am liebsten Fantasy, Science Fiction und Historische Romane für alle Altersgruppen. Zurzeit arbeitet sie an ihrem nächsten Projekt in einem Häuschen nicht weit von Hildesheim, wo sie mit ihrem Mann, drei Kindern und einem Hund lebt.

Mehr Informationen: http://de.KatharinaGerlach.com

Bellarosa

Dornröschen

Schätze Neu Erzählt 6

Katharina Gerlach

Bellarosa, Schätze Neu Erzählt 6
erschienen im Independent Bookworm Verlag, USA und D
Dieses Buch ist auch als eBook erhältlich. Es ist auf Deutsch und auf
Englisch erschienen.

© 2015, alle Rechte an der Geschichte liegen bei der Autorin
© 2016, cover art by Katharina Kolata
© 2016, title background by Corona Zschusschen
© 2014, logo by colorgraphix
© 2014, paragraph divider by Katharina Kolata
editor: Ethan James Clarke
printed On-Demand Publishing LLC, 100 Enterprise Way, Suite A200,
Scotts Valley, CA 95066, USA, www.createspace.com

ISBN-13 978-3-95681-058-9

Weitere Information finden Sie auf der Verlagswebsite:
http://www.IndependentBookworm.de

Für meine Familie. Ohne Euch hätte ich es nicht geschafft.

 Qindie steht für qualitativ
hochwertige Indie Bücher
www.qindie.de

INHALTSVERZEICHNIS

Bellarosa

Bellarosa zuckte im Schlaf, während sie träumte. Sie hatte ihre Träume schon lange nicht mehr bewusst wahrgenommen. Das letzte Mal, dass sie die Welt betrachtet hatte, war mindestens zwanzig Jahre her, als der alte König, der ohne sein Wissen ihr Freund gewesen war, seine Frau begraben und die Regierungsgeschäfte an seinen Sohn abgegeben hatte.

Sie beobachtete seinen Sohn nicht, obwohl er ein guter König war. Aber er war ihr einfach zu langweilig. Also war sie tiefer in ihren verzauberten Schlaf geglitten und hatte die Welt an sich vorbeiziehen lassen. Wenn diese unangenehme Neugier nicht wäre, die sie überrascht hatte, hätte sie leicht ein weiteres Jahrhundert verschlafen. Aber die kleine, unwillkommene Stimme in ihrem Verstand zwang sie nachzusehen. Mit einem Seufzer wendete sie ihre Aufmerksamkeit der Außenwelt zu.

Ein Junge, vielleicht zehn Jahre alt, rannte an den abgeernteten Feldern und Wiesen des nahegelegenen Schlosses und Dorfes vorbei auf den rot-goldenen Wald auf der Hügelkuppe zu. Tränen strömten über sein Gesicht, denn er floh vor zwei älteren Jungen, die ihn verspotteten und mit Kieseln bewarfen.

Die beiden Halbstarken hielten bewusst Abstand. Da sich alle drei sehr ähnelten, hielt Bellarosa sie für Brüder.

„Angsthase", schrie der Älteste.

„Hosenschisser", rief sein jüngerer Bruder und machte eine unanständige Geste.

Der Jüngste sagte kein Wort, versuchte aber, schneller zu laufen. Bellarosa fragte sich, warum sie die Not des kleinen Jungen so sehr beunruhigte. Während des Lebens, das sie verschlief, hatte sie oft genug Kinder gesehen, die von anderen tyrannisiert wurden. Warum fühlte es sich bei diesem Jungen anders an? Sie hatte ihn nie zuvor gesehen und wusste nichts über ihn, aber ihr Herz flog dem gequälten Kind entgegen. Sie hoffte für ihn und wüschte sich ein sicheres Versteck, wo ihn seine Brüder nicht so leicht finden würden.

„Geh nach Westen", sagte sie in ihrem Traum.

Das Gesicht des Jungen hob sich dem Himmel zu. Mit großen Augen sah er sich um. Hatte er sie gehört? Das war nicht möglich, oder? Ihr Hochgefühl überraschte sie.

„Geh nach Westen", sagte sie nochmals.

Der Junge schien sie irgendwie zu hören oder auf andere Art wahrzunehmen, denn er bog ab und rannte gen Sonnenuntergang. Aber das Manöver kostete ihn Kraft, und er wurde langsamer. Ein weiterer Kieselhagel prasselte auf seinen Rücken nieder. Er schrie, und Bellarosa zuckte zusammen.

„Du bist gleich da", ermutigte sie ihn. Flüchtig fragte sie sich, wohin sie ihn eigentlich führte. Aber sicher! Der alte Tunnel. Woher wusste sie, dass es einen Tunnel gab? Sie konnte sich nicht erinnern. Hatte sie ihn benutzt, als sie noch ein Kind gewesen war? Als sie noch nicht schlief? Hatte es eine Zeit gegeben, in der sie nicht schlief? So viele Fragen, auf die sie keine Antwort hatte.

Der Junge hatte beinahe die Ausläufer des Waldes am unteren Ende des Hügels erreicht.

„Bieg rechts ab." Bellarosa schrie beinahe vor Aufregung. Er war dem Tunneleingang so nahe – nur noch einen Dreiviertel-Kreis eine steile Böschung hinunter. Hoffentlich schoss er nicht über das Ziel hinaus. Aber der Junge reagierte sofort, als hätte sie ihm direkt in die Ohren gebrüllt. Der Boden unter seinen Füßen gab nach. Er fiel und schrie dabei.

Mist! Bellarosa hätte sich gerne geohrfeigt. Sie hätte wissen müssen, dass das Tunneldach wahrscheinlich nicht mehr ganz sicher war. Es war zu viel Zeit vergangen. Wie viel genau, wusste sie nicht.

Die zwei älteren Jungen hielten an dem klaffenden Loch an und wurden blass.

„Tolliver?" Der größere der beiden ging auf die Knie und blickte in das dunkle Loch. „Tolli?"

„W-W-was wenn er t-t-tot ist?" fragte sein älterer Bruder. „J-j-jeder h-h-hat g-g-gesehen, w-w-wie wir ihn g-g-gejagt haben."

„Wir müssen Hilfe holen." Der Größere stand wieder auf und rannte den Weg zurück, den sie gekommen waren. Sein Bruder folgte ihm widerwillig.

Bellarosa gönnte ihnen keine Aufmerksamkeit. Sie blickte in den Tunnel. Der kleine Körper des Jungen lag auf einem Haufen verrottender Blätter, die mit Erde, Wurzeln und anderen Trümmern bedeckt waren. Arme und Beine wirkten zwar unverletzt, aber Bellarosa war sich sicher, dass sie nie Arzt gewesen war. Trotzdem wäre es sicher besser, ihn genauer zu untersuchen. Also sie ließ sie ihren Verstand zu ihm hinunter treiben und sah genau hin. Seine Brust hob und senkte sich regelmäßig, und es schien kein Blut zu geben. Erleichtert betrachtete Bellarosa den Tunnel. Es war überraschend dunkel hier unten. Da die Sonne bereits unterging, wäre es bald zu dunkel, um überhaupt noch etwas zu sehen. Sie schauderte. Dunkelheit ängstigte sie.

„Aufwachen." Sie hätte den Jungen gerne geschüttelt, aber das war ohne Körper nicht möglich. Moment. Hatte sie wirklich keinen Körper? Stirnrunzelnd versuchte sie, sich zu erinnern. Jeder Mensch hatte einen Körper. Dessen war sie sich ziemlich sicher. Also musste ihrer irgendwo sein. Sollte sie gehen und ihn suchen?

Der Junge rührte sich und setzte sich stöhnend auf. Bellarosas Aufmerksamkeit schnellte zu ihm zurück.

„Bist du in Ordnung?"

„Wo bist du?" fragte der Junge. „Ich kann dich nicht sehen."

„Es ist überraschend, dass du mich hören kannst, Junge. Ich habe schon so lange geschlafen, und niemand hat mich je gehört."

„Wer bist du?" Der Junge sah sich immer noch um, obwohl Bellarosa sicher war, dass er sogar noch weniger vom Tunnel erkennen konnte als sie.

„Ich bin Bellarosa." Immerhin wusste sie das noch.

„Bist du ein Geist?"

„Ich ..." Sie zögerte. „Ich glaube nicht."

„Wer bist du dann?"

„Einfach nur Bellarosa."

Der Junge stand auf und zuckte zusammen. Seinen linken Fuß schonend verbeugte er sich wie ein Gentleman.

„Ich bin erfreut, deine Bekanntschaft zu machen, Bellarosa. Mein Name ist Tolliver. Bitte entschuldige mein Aussehen."

Sie lachte. Dieser Junge ... dieser Tolliver ... machte ihr Spaß. Sie beschloss, in Zukunft ein Auge auf ihn zu haben.

„Deine Brüder holen Hilfe", sagte sie und staunte über sein zufriedenes Lächeln.

„Dann holen sie Großvater." Tollivers Erleichterung war hörbar. „Was ist das hier?" Er zeigte um sich herum.

„Es ist ein Tunnel."

„Das sehe ich, aber wohin führt er?"

Bellarosa war sich sicher, dass sie das eigentlich wissen sollte.

„Ich kann mich nicht erinnern."

Tolliver begann, den dunklen Tunnel entlang zu hüpfen, wobei er die Wände mit den Fingerspitzen berührte.

„Wenn du den Ausgang suchst, musst du in die andere Richtung gehen."

„Also weißt du nicht, wohin der Tunnel führt, kennst aber den Weg zum Ausgang? Seltsam."

Bellarosa stimmte ihm zu, schwieg aber während sie zusah, wie er von der Tür, die sie kannte, weg humpelte. Nach einiger Zeit bemerkte sie, dass es so dunkel geworden war, dass sogar sie Schwierigkeiten hatte, den Jungen zu erkennen. Sie kämpfte gegen den Drang zu verschwinden und wunderte sich, dass sie trotz ihrer Angst nicht schwitzte.

„Fürchtest du dich nicht im Dunkeln?"

„Im Dunkeln tut mir niemand weh." Seine Stimme war weiter entfernt, als sie gedacht hatte.

„Du kommst besser zurück. Deine Brüder und dein Großvater werden bald hier sein."

„Kannst du nachsehen, wo sie bleiben? Ich drehe um, wenn du mir sagst, dass sie in der Nähe sind." Die Dunkelheit schien Tollivers Stimme zu verschlucken.

Bellarosa zitterte. Sie fürchtete sich im Dunkeln. Das war immer so gewesen und würde immer so bleiben. Eilig kehrte sie über die Erde zurück und sah den Pfad entlang, ob der Rettungstrupp bald käme. Erleichtert sah sie eine Gruppe Menschen den Hügel hinaufsteigen. Sie waren nur wenige Minuten entfernt.

„Wo ist dieses Loch?", fragte eine tiefe Stimme. Sie klang vertraut. Sehr vertraut. Bellarosas Herz begann zu flattern.

„Nur ein kleines Stück weiter oben am Hügel, Großvater", sagte die Stimme eines Jungen.

„Beleuchtet den Bereich!", befahl die vertraute Stimme mit freundlichem Ton, als sie sich dem Loch näherten. Doch hinter seinen Worten verbarg sich Stahl. „Und befestigt das Seil an einem Baum. Ich steige selbst ab."

„Sehr wohl, Hoheit." Ein Gaslicht flammte auf und beleuchtete drei Diener, den ältesten Jungen und den König, von dem Bellarosa gedacht hatte, dass sie ihn nie wiedersehen würde. Er war anscheinend doch nicht vor Kummer gestorben. Sie schwankte und zog sich mit all ihrer Kraft in ihren Schlaf zurück. Ihre Gedanken verstummten.

Als die seltsame Stimme nicht zurückkehrte, wunderte sich Tolliver. War da wirklich eine Stimme gewesen? Oder hatte er es sich nur eingebildet? Vielleicht wurde er verrückt wie seine verstorbene Großmutter? Würde er bald Feen so klein wie Schmetterlinge sehen, wie es sein älterer Bruder vorhergesagt hatte? Seine Knie zitterten bei dem Gedanken. Deshalb stützte er sich mit den Händen an der kühlen Steinwand ab, um auszuruhen. Etwas klickte, und der Stein unter seinen Händen bewegte sich. Er öffnete sich wie der Deckel der Spieldose seiner Großmutter, die er nicht anfassen durfte. Dabei liebte er die klingelnde Musik, die sie machte, wenn der Schneemann über den gemalten Schnee glitt. Dies musste eine Art Versteck sein. Wie dumm, dass er kein Licht hatte.

Stimmen klangen von dort, wo er hergekommen war. Der Rettungstrupp musste angekommen sein. Er sollte zurückgehen, damit sie sich nicht sorgten. Aber zuerst musste er wissen, was in dem Versteck war. Er erwartete die klebrigen Fasern eines Spinnennetzes. Deshalb hielt er den Atem an und machte sich an die Arbeit. Zögernd schob er den Deckel beiseite und steckte seine Hand in das Loch dahinter. Seine Finger berührten etwas, das aus Holz gemacht zu sein schien. Im Gegensatz zu dem kalten Stein, den er vorher berührt hatte, war es warm. Er zog seinen Fund aus dem Versteck in der Mauer und prüfte ihn, so gut er es ohne Licht konnte. Noch nie war er an einem Ort gewesen, der so dunkel war. Seine Finger sagten ihm, dass er ein kleines Kästchen hielt, vielleicht dreimal so breit wie seine Hände. Der Deckel war gerundet, und schien kunstvoll geschnitzt

14

zu sein. Eine Schatzkiste. Die würde er behalten. Er presste sie gegen seine Brust und drehte sich um, um zurückzugehen. Ein Licht flackerte in einiger Entfernung auf und erhellte den Tunnel ein wenig.

„Großvater!" Tolliver hüpfte den Weg zurück, den er gekommen war. Eine Figur, die sich auf ihn zu bewegte, verdeckte das Licht größtenteils.

„Tolliver!"

Warme Arme umfassten ihn und drückten die harte Kante des kleinen Kastens schmerzhaft in seine Brust.

„Autsch."

„Oh, Entschuldigung. Hast du dir weh getan?" Großvater kniete sich vor ihn und sah ihm in die Augen.

„Nicht doll. Nur mein Fuß schmerzt ein bisschen." Tolliver wollte lieber über die Schatzkiste reden. Er hielt sie vor sich. „Sieh mal was ich gefunden habe."

„Hübsch, aber wir sollten dich besser hier heraus bringen, bevor wir es uns genauer ansehen. Deine Eltern sind krank vor Sorge."

Tolliver wusste, dass das gelogen war. Seine Eltern waren nicht an ihm als Person interessiert, nur an ihm als Thronerbe, und das hasste er. Aber er sagte nichts, weil es Großvater verletzt hätte. Sein Herz wurde weich, als ihn der alte Mann sanft aufhob und in Richtung Ausgang trug.

„Haben sie dich wieder gejagt?", fragte Großvater.

Tolliver nickte.

„Sie hassen mich."

„Nein, tun sie nicht. Sie sind nur eifersüchtig." Im Licht der Laterne, die Großvater mitgebracht hatte, konnte Tolliver das sanfte Lächeln des alten Königs sehen. „Fast sieben Jahre lang haben sie Pläne für die Zeit geschmiedet, in der Roscobald König ist, und dann kommst du als neuer Thronerbe. Gib ihnen Zeit, sich daran zu gewöhnen."

„Aber ich habe darum nicht gebeten. Ich will nicht König sein, wenn ich alt bin."

Großvater lachte.

Mit einem Stirnrunzeln sagte Tolliver: „Warum haben wir diese komische Regelung überhaupt? In allen anderen Königreichen erbt der älteste Prinz den Thron, nicht der Jüngste."

„Unser Königreich ist mit dieser Regelung immer gut gefahren. Sie stellt sicher, dass das Königreich für eine möglichst lange Zeit in einer Hand bleibt. Stets folgt ein junger König einem alten auf den Thron."

„Aber du hast abgedankt."

„Das ist eine völlig andere Geschichte. Das weißt du sehr gut, Tolliver." Großvater betrachtete nachdenklich das Seil, das durch das Loch in der Decke des Tunnels hing, durch das Tolliver gefallen war. „Wie kriegen wir dich jetzt dort hinauf?"

„Es gibt einen normalen Ausgang ein Stück weiter in diese Richtung." Tolliver zeigte in die Dunkelheit vor ihnen. Die Augenbrauen des Großvaters zogen sich zusammen.

„Mir scheint, du bist etwas zu lange hier unten gewesen", sagte er, hob die Laterne auf und ging weiter. Wenige Minuten später traten sie in den Wald. Es war schon dunkel, und das Mondlicht fand kaum durch das dichte Blätterdach. Aber es reichte, dass Tolliver erkennen konnte, wie gut der Tunneleingang versteckt worden war. Büsche, Bäume und Brombeersträucher wuchsen über der Öffnung und machten sie fast unsichtbar, ohne den Zugang zu beschränken. Er staunte. Sobald sein Fuß wieder gesund war, würde er zurückkommen und den Tunnel etwas genauer erkunden. Schließlich musste er ja irgendwohin führen. Niemand baute einen Tunnel nach nirgendwo.

Nachdem sich der Doktor um seinen verstauchten Knöchel gekümmert und seine Amme ihm etwas zu Essen gegeben, ihn gewaschen und angezogen hatte, saß Tolliver in seinem Lieblingsstuhl vor dem Feuer und untersuchte seinen Schatz.

So sehr er es auch versuchte, er konnte ihn nicht öffnen, und bald war es Zeit fürs Bett.

Jemand klopfte an seine Tür und trat ein, ohne auf seine Antwort zu warten. Roscobald und Theoderic traten an Großvaters Seite ein. Der sechzehnjährige Theoderic runzelte die Stirn, während Roscobald auf den Boden starrte. Großvater stieß ihn an.

„Es tut mir leid, dass ich dich gejagt habe", murmelte Roscobald.

„W-w-wir wollten d-d-dir nicht w-w-wehtun." Theoderics Stimme war so leise, dass Tolliver seine Worte kaum verstand.

„Entschuldigung akzeptiert." Er wusste, was von ihm erwartet wurde. Sie hatten das bereits tausendmal gemacht. Er seufzte. „Ich wünschte, ich wäre nicht der Erbe, Rosco, wirklich. Es gibt so Vieles, was ich lieber tun würde."

Roscobald schnaubte, drehte sich um und ging mit seinem Bruder im Schlepptau aus dem Zimmer.

Großvater setzte sich neben Tolliver und tätschelte sein Knie.

„Er kriegt sich schon ein. Schließlich ist es nicht deine Schuld, dass du der Erbe bist."

„Großvater", Tolliver wollte nicht über Roscobalds Eifersucht reden. „Ich habe eine Stimme gehört, als sie mich gejagt haben. So habe ich den Tunnel gefunden."

„Eine Stimme?"

„Sie klang wie die einer jungen Frau, aber ich bin mir nicht sicher. Sie sagte nicht allzu viel. Aber gesehen habe ich niemanden." Tolliver starrte das Kästchen in seinen Händen an. „Werde ich jetzt verrückt, so wie Großmutter?"

„Deine Großmutter war nicht verrückt." Großvaters Stimme klang streng. „Sie hörte hin und wieder die Stimme eines jungen Mädchens, aber das war nicht verrückt, auch wenn die Diener darüber klatschten. Wir haben lange versucht herauszufinden, wessen Stimme es sein könnte, aber die Wahrheit haben wir nie entdeckt."

„War es ein Geist?" Tolliver zitterte.

„Ich weiß nicht. Könnte sein. Es hätte auch der Zauberspruch einer Hexe sein können. Oder das Ding, das im Gehirn deiner Großmutter wuchs, war Schuld." Großvater lächelte ihn an.

„Was ist, wenn ich sie wieder höre? Ich will mich nicht umbringen wie Großmutter."

„Wer hat dir so einen Unsinn erzählt?" Großvaters Gesicht schien aus Stein gemeißelt zu sein. „Deine Großmutter hat sich nicht selbst getötet. Da sie in meinen Armen starb, weiß ich das ganz genau."

„Es ist gut, das zu wissen." Tolliver lehnte sich gegen die Schulter seines Großvaters, damit zufrieden, den vertrauten Duft von Tabak zu riechen. *Ich frage mich, ob ich die Stimme wieder hören werde*, dachte er.

Nach einer kurzen Stille wechselte Großvater das Thema.

„Und, hast du herausgefunden, was in dem Kästchen ist?"

„Es geht nicht auf, aber es gibt ein Wappen auf einer Seite." Tolliver gab ihm das Kästchen und zeigte es ihm. Zwischen liebevoll geschnitzten Rosenranken und -blüten versteckt fand sich ein Schild mit einer weißen Rose und einem Turm.

„Daran erinnere ich mich." Großvater zog das Muster mit dem Finger nach. „Lange bevor ich geboren wurde, gehörte es einem König, der die nördlichen Teile unseres jetzigen Königreichs beherrschte. Zu der Zeit war jene Gegend noch nicht Teil unseres Königreichs. Mein Vater umwarb die jüngste Prinzessin, eine Idee seines Vater, um die beiden Länder zu vereinigen."

„Was ist passiert?" Tollivers Augen waren so groß wie Untertassen. Er liebte gute Geschichten.

„Nicht viel." Mit einem Lächeln hob ihn Großvater auf und steckte ihn ins Bett. „Die Prinzessin verschwand, und mit ihr das Schloss. Nur ihre Eltern und ihre ältere Schwester blieben zurück. Mein Vater heiratete sie und bekam so ihr Königreich als Mitgift. Wenn ich mich richtig erinnere, mussten sie an das

Gericht aller Könige appellieren, um ihren Besitzanspruch durchzubringen, aber danach lebten sie glücklich."

„Was passierte mit der jüngeren Prinzessin?"

„Niemand weiß das. Es wird gesagt, sie sei von einer gottlosen Fee verflucht worden, aber das ist natürlich abergläubisches Geplapper."

„Und, was ist mit dem Schloss?"

„Seltsamerweise wurde es über Nacht von weiß blühenden Rosen überwuchert, und niemandem gelang es je hineinzugelangen."

Tolliver dachte darüber nach und runzelte die Stirn.

„Was ist mit den Dienern passiert? Es muss da drinnen doch auch Diener gegeben haben."

„Ich weiß es nicht. Das alles geschah fast zwanzig Jahre bevor ich geboren wurde. Damals machte sich kaum jemand Gedanken um Diener. Das hat erst dein Vater geändert." Er küsste Tolliver auf beide Wangen. „Vielleicht kannst du es morgen herausfinden. Es gibt einige wirklich alte Männer in der Stadt. Aber jetzt ist es Zeit zu schlafen."

Faylea flatterte zur nächsten weißen Rosenblüte. Ihre blauen Flügel pumpten sanft auf und ab. Es war viel anstrengender, ein Schmetterling zu sein, als sie gedacht hatte. Aber es war unumgänglich, dass sie den Turm erreichte. Sie musste sehen, ob ihre Ahnung richtig war. Das dumme Kind könnte verletzt werden, wenn Faylea es nicht schaffte. Eine der Ranken erschauderte, und eine schneeweiße Rose blühte direkt unter ihr auf. Faylea wusste, dass sie landen musste, oder der Zauber würde sie als unnatürlich wahrnehmen. Froh über die kurze Pause, schlürfte sie den Nektar der Blüte. Obwohl sie verzaubert waren, waren diese Rosen köstlich.

Sie flatterte höher. Wieder und wieder musste sie an Blüten anhalten, die nur wenige Sekunden vor ihrer Ankunft aufblühten. Es schien als bemerke der Zauberspruch ihre Absicht. Also versuchte Feylea weniger vorhersehbar zu fliegen. Schließlich nahmen Schmetterlinge nie den gerade Weg. Vielleicht hätte sie sich in eine Biene verwandeln sollen, aber sie hasste den Stachel.

Endlich kam sie dem Fenster des Turms nahe. Verärgert landete sie auf einer letzten Rose, die in dem Moment aufblühte, als sie ankam. Ihr Magen war zum Platzen voll. Nun ja, dann musste sie die überschüssige Energie eben auf ihrem Rückflug verbrennen.

Sie sah ins Zimmer. Es schien als hätte sich nichts geändert, aber Faylea bevorzugte Gründlichkeit. Sie sprang ins Zimmer und verwandelte sich in ihre Menschengestalt zurück, behielt aber die Größe eines Schmetterling bei. Sie behielt auch die Flügel, da sie ziemlich nützlich waren. Sie flog zu dem schlafenden Mädchen, das wie immer unbeweglich dalag. Sie atmete nicht einmal. Ein Atemzug pro Tag schien ihr zu reichen. Faylea sah sich um. Etwas musste anders sein. Der Zauber der Rosenranken war während ihrer jährlichen Besuche nie so misstrauisch gewesen, und ihre Ahnung deutete darauf hin, dass es noch schlimmer werden würde. Wenn sie nur endlich herausfände, wie sie Bellarosa wecken konnte. Alles, was sie bisher versucht hatte, war fehlgeschlagen. *Wenn nur diese hirnlosen Schnepfen zusammenarbeiten würden,* dachte sie. *Gemeinsam sollten dreizehn Feen doch wohl in der Lage sein, einen Zauberspruch zu brechen – selbst einen so starken wie diesen. Aber nein ... die Einzige, die sich verantwortlich fühlt, bin ich.* Sie fragte sich, ob König Renfares dumme Idee auf Stolz gegründet gewesen war, wie sie damals angenommen hatte, oder auf dem irregeleiteten Wunsch, seine Erbin zu schützen. Doch das war nicht wichtig. Alles ging schief, und jetzt musste sie den Mist allein ausbaden. Sie verwandelte sich zurück in einen Schmetterling und flog auf das Fenster zu. Dort prallte sie gegen etwas Klebriges. Das Netz einer Spinne. Sie konnte die acht winzigen Augen und die Mandibeln der Eigentümerin des Netzes schon sehen, als diese den Kopf hob und sie ansah. Faylea hielt so still wie möglich. Sie wusste, dass die Spinne sie nicht als Nahrung betrachten würde, solange sie nicht gegen das Netz kämpfte. Während sie darauf wartete, dass die Spinne das Interesse verlor, durchdachte sie ihre Möglichkeiten. Immerhin war sie in Wirklichkeit eine Fee, kein Schmetterling. Sie könnte wieder Menschengestalt in normaler Größe annehmen, aber das bedeutete, dass sie durch die Zweige der Rosen in den Tod stürzen würde. Das Netz war schließlich außerhalb des Turmfensters, und sie konnte die Flügel nicht groß genug machen, um ihr volles Gewicht zu tragen. Andererseits konnte sie versuchen, das Netz mit einem Zauberspruch aufzulösen. Doch das würde den Fluch auf sie aufmerksam machen, und es war schwer vorherzusagen, was dann geschehen würde. Ein Zusammenprall zweier, nicht aufeinander abgestimmter Zauber war das Letzte, das sie erleben wollte. Aber vielleicht … wenn sie gut aufpasste … wäre es möglich … sie beschloss, es zu riskieren.

Sie schickte den winzigsten Zauber aus, den sie beherrschte und rief nach den Windsbrüdern. Wenn überhaupt würde nur einer von ihnen antworten. Während sie auf eine Antwort wartete, wunderte sie sich über den Fluch. Sie hatte Bellarosa schon mehrmals besucht, aber die Ranken waren nie so aufgeregt gewesen, und Insekten und Spinnen hatten nie viel Interesse an ihr gezeigt. Also warum fühlten sie sich im Moment auf wie Jagdhunde auf ihrer Spur?

Wuusch –

Der Westwind schoss an ihr vorbei durch das offene Fenster, hielt an und drehte sich.

„Oh, Faylea. Ich dachte mir schon, dass du es bist. Was machst du im Netz einer Spinne? Ist es nicht etwas unbequem?"

Man konnte sich darauf verlassen, dass ein Wind das Offensichtliche bemerkte.

„Darum habe ich dich gerufen. Kannst du mich herausziehen?"
Faylea zwang sich zu lächeln. Mit einem der Winde zu reden, war

als versuche man, die Funken eines Feuers zusammenzutreiben. Schon hatte West das Interesse an ihr verloren und sah sich um.

„Hey!" Er grinste. „Was für ein schönes Mädchen. Wie alt ist sie? Sechzehn? Siebzehn?"

„Einhundertundfünf plus minus ein paar Tage." Feylea versuchte erfolglos, die Resignation aus ihrem Tonfall zu halten. „Hol mich hier raus."

„Du bist immer so ungeduldig." West lachte und hob zu einem Flug durch den runden Raum am obersten Ende des Turms ab. „Warum schläft sie?"

„Das sage ich dir, wenn du mich aus hier herausholst."

„Wer wird sie wecken?"

„Als ob ich das wüsste." Mit einem Mal sorgte sich Faylea darum, dass West sich einmischen könnte. Es wäre ganz seine Art, einen jungen Mann hier hinauf zu tragen. Aber die Rosen waren tödlich für Menschen. Das wusste sie, weil sie miterlebt hatte, wie sie einen König und sein Pferd verschlangen. Das Tier hatte ihr leid getan. „Jetzt hol mich bitte aus diesem Netz. Ich bekomme einen Krampf."

West lachte wieder, wodurch sich die Vorhänge bauschten. Sie waren seit Beginn des Fluchs nicht mehr so viel bewegt worden. Bevor Faylea vor Frust schreien konnte, raste West durch das Fenster.

Wuusch – er fegte das Netz hinweg, als wäre es nicht vorhanden. Rosenranken schlugen um sich, konnten den Wind aber nicht berühren. Seine starken, unsichtbaren Hände trugen Faylea aus ihrer Reichweite. Einige Herzschläge später setzte West sie vor ihrem Haus tief in den Wäldern ab, wo sie ihre normale Größe und Form wieder annahm. Sie fühlte sich sofort besser.

„Du solltest etwas gegen diesen Fluch tun, weißt du? Es kommt mir so vor, als würde er langsam instabil." Nach einer knappen Umarmung sauste West davon, bevor Faylea „Ich weiß" sagen konnte.

Mit einem Seufzer kehrte sie zu ihren Büchern zurück, um das x-te Mal nachzusehen, ob es außer wahrer Liebe etwas gab, das diesen Fluch brechen konnte.

Als Bellarosa das nächste Mal zu sich kam, saß sie in einem Sessel neben einem Fenster. Sie sah sich im Zimmer um und bemerkte den Jungen, der sich gerade seine Schuhe anzog. Sie folgte ihm zum Frühstückszimmer, wo er aß, während sich seine Brüder über ihn lustig machten.

Sie nannten ihn *Maulwurf*, bis ihr Vater eintrat, dann hielten sie mitten im Wort inne.

„Roscobald und Theoderic, eure Gegenwart ist in den Ställen erforderlich." Der König runzelte die Stirn. „Ihr hättet vor einer halben Stunde bei der Arbeit sein sollen."

Die beiden jungen Männer liefen ohne ein weiteres Wort davon, und Tolliver seufzte.

„Idioten", sagte Bellarosa. Tollivers Kopf schoss in die Höhe, und er sah sich um. Sein Vater hob eine Augenbraue, während er darauf wartete, dass der Diener Eier und Toast auf seinen Teller legte. „Stimmt irgendetwas nicht, Tolliver?"

„Nein, Vater. Ich dachte nur, ich hätte etwas gehört." Tolliver wischte sich den Mund ab. „Ich muss los. Der Professor besteht darauf, dass ich alles über Frösche lerne."

„Nimm Frösche nicht auf die leichte Schulter, mein Sohn. Es gibt immer noch einige verwunschene Prinzessinnen."

Mit einem Grinsen im Gesicht rannte Tolliver los. Bellarosa folgte ihm. Sie betraten ein Schulzimmer. Erfreut studierte Bellarosa die Landkarte, während Tolliver die Tür schloss.

„Bist du da?" Der Junge sah sich um, als erwarte er, sie zu sehen. „Heh, Mädchen? Ich will mit dir reden."

Bellarosa schwieg, und bevor Tolliver wieder sprechen konnte, trat der Lehrer ein. Er trug ein Tablett mit einem toten Frosch, das er vor seinen Schüler stellte.

„Heute studieren Sie das Skelett und das Innere dieses Frosches. Im Großen und Ganzen ähnelt beides einem Menschen. Lassen Sie uns beginnen." Er gab Tolliver ein Skalpell und verschränkte die Arme.

Obwohl der Frosch schon tot war, schimmerte das Gesicht des Jungen grünlich. Die Klinge, die er über den kleinen Körper hielt, zitterte.

„Ich kann das nicht", sagte er.

Der Lehrer runzelte die Stirn und nahm das Skalpell.

„In dem Fall sollten Sie gut aufpassen. Am Ende wird es eine Prüfung geben." Er schnitt durch die Haut des Frosches und die Därme quollen hervor. Würgend flüchtete Tolliver aus dem Schulraum.

„Sadist", schrie Bellarosa den Lehrer an und eilte Tolliver nach. „Was für ein Idiot. Ein Kind dazu zwingen, bei so etwas zuzusehen. Hat der keinen Verstand?"

Sie fand Tolliver über ein Porzellanbecken gebeugt. Eine gebogene Metallröhre spuckte Wasser in seine Hände, und er wusch sich das Gesicht. Bellarosa staunte über den genialen Wasserspeier. Sie hätte gerne gewusst, wie er funktionierte.

„Es wäre interessant, das zu wissen", sagte sie versonnen.

„Was wäre interessant?" Tolliver trocknete sein Gesicht ab und versuchte noch einmal, sie zu entdecken.

„Wie der Wasserspeier funktioniert." Sie gab ihr Versteckspiel auf. Er hatte sie schließlich oft genug gehört, und im Moment war niemand anderes in diesem kleinen Zimmer mit den weißen Fliesen.

„Das ist ziemlich einfach." Er begann mit einer Erklärung über Pumpen, Leitungssysteme, Wasserentnahmestellen und Abwasser. Bald schon schwirrte Bellarosa der Kopf von all den neuen Ideen und Worten.

„Warum benutzt du nicht einfach einen Zauber?", wollte sie wissen.

„Magie funktioniert nicht mehr." Tolliver runzelte die Stirn. „Woher kommst du, dass du das nicht weißt?"

Bellarosa wollte antworten, aber sie wusste wirklich nicht, woher sie kam. Wohin ging sie, wenn sie sich in das Weiß ihrer Träume zurückzog?

Ein Diener klopfte an die Tür und rief: „Der Waffenmeister erwartet Euch in drei Minuten, Hoheit."

„Ich komme." Tolliver senkte die Stimme zu einem Flüstern. „Geh nicht weg. Nach der Übungsstunde würde ich gerne weiter mit dir reden."

„Ich treffe dich in deinem Zimmer", sagte Bellarosa, folgte ihm aber trotzdem. Es war interessant zu sehen, was alles ohne Magie getan wurde.

Über die nächsten Tage, Wochen und Monate wurden Tolliver und Bellarosa gute Freunde. Er erklärte ihr all die neuen Erfindungen, die das Leben im Schloss erleichterten: die Aufzüge, die rauchfreien Öfen, die Gaslichter, selbstreinigende Nachttöpfe und vieles mehr. Und sie half ihm, die Geschichte des Landes und all die anderen Dinge auswendig zu lernen, die er wissen musste, um die Staatsgeschäfte zu führen. Der Stoff jener Stunden erinnerte sie an etwas, sie wusste nur nicht genau an was. Sie nahm an, dass mehrere Jahre vergingen, denn ihr Freund wuchs, und seine Stimme wurde tiefer. Dabei nahmen seine Aufgaben stetig zu. Jagden, Treffen mit Diplomaten, Feiern, Unterricht, Stalldienst, Schwertkampfunterricht … Tollivers Pflichten schienen endlos.

„Warum müssen deine Brüder all das nicht machen?", fragte sie.

„Sie haben diese Ausbildung durchlaufen, als sie in meinem Alter waren", sagte Tolliver. „Wenn ich älter werde, habe ich auch mehr Freizeit." Er schien sich darüber zu freuen, eine Freundin zum Reden zu haben, selbst wenn sie für ihn unsichtbar war und für alle anderen nicht existierte. Sie sah zu, wie er das Ziel immer und immer wieder mit dem Pfeil traf, den er aus einem fremdartigen Gerät abschoss. Es sah aus wie ein auf der Seite liegender Bogen auf einer Halterung.

„Bist du glücklich, Tolliver?" Sie wusste nicht, warum sie fragte, aber es schien ihr wichtig.

„Ich würde lieber nicht König werden", sagte ihr Freund. „Aber abgesehen davon macht es mir Spaß, Neues zu lernen."

„Oh guck mal, der idiotische Kronprinz quatscht mal wieder mit seiner unsichtbaren Freundin." Roscobalds Stimme triefte vor Verachtung. Verletzt zog sich Bellarosa ein Stück zurück.

„Ich weiß nicht wovon du redest, Rosco." Tolliver blieb ruhig, aber Bellarosa bemerkte einen zuckenden Muskel an seinem Kinn.

„Du bist v-v-verrückt wie eine F-F-F-Fledermaus, Tolliver." Theoderic spuckte seinem Bruder vor die Füße. „Du b-b-bist ein Ärgernis und eine G-G-Gefahr für das K-K-Königreich."

„Ich bin nicht verrückt." Das Zucken des Muskels wurde stärker. „Wenn ihr mir nichts Wichtiges zu sagen habt, lasst mich in Ruhe trainieren."

„Das ist genau der Punkt, Tolliver." Roscobalds Stimme klang freundlich, aber seine Worte rissen Wunden wie die Krallen einer Katze. „Du redest mit unsichtbaren Leuten. Das ist nicht normal. Und du bist schwach und zu dumm, um die Dinge zu lernen, die ein König wissen muss. Wie willst du den Spion eines Feindes verhören, wenn du nicht einmal zusehen kannst, wie dein Lehrer einen toten Frosch zerlegt?"

„Es gibt andere Wege, falls notwendig. Ich muss nicht unbedingt zu Gewalt greifen." Es schien Tolliver ungeheure Kraft zu kosten, sich nicht auf seinen Bruder zu stürzen.

„Damit liegst du falsch." Roscobald grinste mit einem gefährlichen Glanz in den Augen. „Du bist genauso verrückt, wie Großmutter es war. Immerzu mit unsichtbaren Leuten zu sprechen ... Warum bringst du dich nicht um, wie sie?"

Eine Erinnerung kam zu Bellarosa zurück, eine , die sie am liebsten vergessen hätte. Der Körper einer Königin lag leblos am Boden, ein Glasfläschchen rollte aus ihrer Hand, und ihr Freund, Tollivers Großvater – damals viel jünger – hockte an ihrer Seite und weinte wie ein Baby.

„Sie hat sich nicht umgebracht." Tollivers Stimme brach, und er warf sich auf Roscobald. Doch der junge Mann war nicht nur älter, sondern auch erfahrener und stärker. Er schlug auf seinen jüngeren Bruder ein, bis Tolliver zusammengerollt, blutend und weinend am Boden lag.

Bellarosa war aus Angst um ihren besten Freund erstarrt. War sie der Grund für den Tod seiner Großmutter gewesen? Die Königin hatte sie hören können, und sie hatten miteinander geredet, bis das ganze Schloss sie für verrückt hielt. Was wäre, wenn die Königin es selbst geglaubt hätte und sich mit den Schmerzmitteln vergiftete, die sie wegen der Wucherung in ihrem Gehirn nehmen musste? War Bellarosa jetzt der Grund, aus dem Roscobald Tolliver zu Brei schlug. Sie merkte kaum, dass Theoderic seinen jüngeren Bruder von Tollivers leblosen Körper weg zog und ihn mit sich schleifte.

„Es tut mir so leid!" Sie sank neben ihrem Freund nieder und weinte. Schwerfällig und mit einem Stöhnen öffnete Tolliver seine Augen und sah in ihre Richtung. Er war mittlerweile ziemlich geschickt darin, festzustellen, wo sie sein musste.

„Keine Sorge. Ich schaffe das." Er formte die Worte ohne wirklich zu sprechen.

Der Waffenmeister bog um die Ecke. Als er Tolliver und das Blut bemerkte, begann er, Dienern Befehle zuzurufen.

„Ich lasse nicht zu, dass das noch einmal passiert", sagte Bellarosa. „So sehr ich dich auch mag. Ich erlaube nicht, dass dich jemand für verrückt erklärt. Ich werde dir von jetzt an fern bleiben. Lebewohl, mein Freund. Ich werde mich immer an dich erinnern."

Tolliver versuchte, sich aufzusetzen, schaffte es aber nicht ganz. Panik stand in seinen Augen.

„Geh nicht", rief er.

„Keine Sorge, mein Junge. So schnell gehe ich nirgendwo hin. Als am besten lehnst du dich zurück und entspannst dich, so gut du kannst." Der Waffenmeister legte eine Hand auf seine Schulter. „Wer hat dir das angetan?"

Als Tolliver nicht antwortete, drehte er sich um, und brüllte den Dienern zu, sie mögen sich beeilen.

In dem Lärm flüsterte Tolliver Bellarosa zu: „Ich liebe dich."

Ein Ball aus Feuer entflammte in Bellarosas Brust. Hastig zog sie sich in ihren Traum zurück. Sie sah sich nicht in der Lage, auch nur daran zu denken, ihn zu beobachten. Verzweifelt versuchte sie, nicht zu träumen, aber sie hatte keine Chance gegen die unnachgiebige Flut von Bildern.

Tolliver schwebte zwischen Wachen und Bewusstlosigkeit, und Bellarosa fürchtete er würde sterben. Sein Großvater und seine Eltern saßen bei ihm, hielten seine Hand, wischten seine Stirn und fütterten ihn mit Suppe – ihre Gesichter vor Sorge verzerrt. Eine zeitlang stand ein Teil von Tolliver neben seinem Bett und sah sich um. Sein Blick fing den ihren, und ein Lächeln erhellte sein Gesicht. Doch als er zu ihr kommen wollte, zog ihn etwas Unsichtbares in den leblosen Körper auf dem Bett zurück.

„Wunderschön", flüsterte er.

Du musst schlafen, um dich zu erholen, dachte Bellarosa und wünschte sich mit all ihrer Kraft einen heilenden Schlummer für ihn. Mit einem Seufzer schlief Tolliver tief und fest ein. Bellarosa beobachtete ihn. Als er wieder aufwachte, wirkte er gestärkt. Wenn niemand im Zimmer war, rief er immer wieder nach ihr, aber sie weigerte sich zu antworten.

Zuerst schien er verletzt und verwirrt, dann aber nahm er sein normales Leben wieder auf und vergaß sie bald. Er erfüllte seine Aufgaben wie immer. Mindestens einmal am Tag versuchte er erfolglos, das Kästchen zu öffnen, das er gefunden hatte, als sie ihn das erste Mal beobachtet hatte. Sie wandte sich ab und vergrub sich in ihrem Schlaf, so tief sie konnte. Frieden! Aber nicht für lange.

Das nächste Mal, als sie träumte, hörte sie in Gedanken versunken zu, wie Tolliver die Laute spielte. Seine Brüder spotteten über ihn und nannten ihn einen dünnhäutigen Feigling. Tolliver drehte ihnen den Rücken zu und fuhr fort zu spielen. Er war gewachsen, genauso wie sein Großvater, als sie ihn damals beobachtet hatte. Mit einem Seufzer fragte sie sich, warum sie in diesem Nebel herumhing, der ihren Verstand so sehr betäubte. Hatte sie nichts Besseres zu tun, als ihr Leben zu verschlafen? Sie erhielt keine Antwort, nur die beruhigende Melodie von Tollivers Laute klang durch ihre Träume.

Bald begann sie, sich wieder auf ihre Träume zu freuen. Sie genoss es, Tolliver zu folgen, obwohl sie sich immer noch weigerte, mit ihm zu reden. Es war schlimm genug, dass sie ihn dadurch beinahe getötet hätte, aber sie gestand sich ein, dass sie gerne wieder mit ihm geplaudert hätte. Inzwischen hatte Tolliver die körperlose Stimme vergessen, da war sie sich sicher. Er erwähnte sie nicht ein einziges Mal und rief nicht mehr nach ihr. Ihr Herz schmerzte. Es tat weh zu wissen, dass seine Freundschaft – oder Liebe, wenn seine letzten Worte wahr gewesen waren – so wenig bedeuteten. Trotzdem konnte sie nicht aufhören, ihn zu beobachten. Jedes Mal wenn er sprach, verursachte seine Stimme glückselige Schauer, die sie erzittern ließen. Er sagte selten etwas, aber wenn er sprach, war es wichtig und gut durchdacht. Sie mochte das sehr.

Wieder verging Zeit, und Tolliver ließ sich einen kratzenden Bart wachsen. Wie alt er jetzt wohl war? Siebzehn, achtzehn? *Die Zeit fliegt,* dachte sie und bestaunte seinen kräftigen Körper. Die Muskeln an seinen Armen wölbten sich, und die auf seinem Bauch gerieten in Bewegung, als ihm der Waffenmeister in Gambeson und Helm half.

„Seid Ihr sicher, dass Ihr bereit seid, Hoheit?" Der ältere Mann schien aufgeregt, also driftete Bellarosa näher. Tolliver lächelte und nahm sein Übungsschwert und seinen Schild.

„Bitte, Hoheit. Euer Vater bestraft mich schwer, wenn einer von Euch zu Schaden kommt." Der Waffenmeister rang die Hände.

„Es muss sein." Tolliver richtete den Helm, bis das Nasenstück seine Nase richtig bedeckte. „Wenn ich es jetzt nicht tue, wird sich Rosco nie auf das konzentrieren, was wichtig ist. Er ist zu sehr in seiner Eifersucht und seinem Hass gefangen."

Trotz der Bitten des älteren Mannes trat der junge Prinz zu seinem Bruder in die Kampfarena im Schlosshof. Einige Diener hatte sich versammelt, von denen einige ziemlich schuldbewusst wirkten. Bellarosa schmunzelte als ihr bewusst wurde, dass sie sich wahrscheinlich vor der Arbeit drückten.

Der Kampf begann. Die beiden Prinzen schlugen mit ihren Schwertern so hart aufeinander ein, dass sie stolperten. Bellarosa hasste Kämpfe, und sah keinen Grund zu bleiben. Sie wollte sich eben zurückziehen, als sie merkte, dass Tolliver sich zurückhielt. Er hatte eine Finte benutzt um Rosco zu täuschen, und sein Bruder hatte den Köder geschluckt. Trotzdem hatte Tolliver die Gelegenheit nicht genutzt, um den Kampf zu beenden. Stattdessen ließ er einen Treffer an seiner Hüfte zu, der ihn ins Stolpern brachte. Mit Mühe gelang es ihm, einen Treffer gegen den Kopf und einen Tritt gegen seine Rippen zu verhindern.

Er verliert mit Absicht! Bellarosas Augen weiteten sich. *Warum tut er das?* Fasziniert trat sie so nah an die Kämpfer heran, wie sie sich traute. Da sie nicht wusste, wie real ihre Träume waren, wusste sie nicht, ob sie verletzt werden konnte. Deshalb blieb sie sicherheitshalber außer Reichweite der Schwerter. Tolliver parierte Roscobalds Hiebe, griff aber nicht ein einziges Mal selbst an. Bellarosa staunte über seine Geschicklichkeit im Kampf. Er ermüdete seinen Bruder, ohne dass einer von ihnen gewann oder verlor. Vom Geschehen gefesselt sah sie immer noch zu, als außer dem Waffenmeister alle Diener aus Langeweile gegangen waren. Die Kämpfer konnten kaum noch stehen.

„War das genug?" fragte Tolliver. Das Schwert in seiner Hand zitterte, und er schwankte in der Hitze. „Kannst du jetzt endlich aufhören, mich zu hassen?"

Roscobalds Schwert zitterte genauso stark wie das seines Bruders. Er starrte ihn an, den Oberkörper leicht vorgebeugt wie eine Bulle, der sich für einen Angriff fertig machte. „Du hast diesem Kampf zugestimmt, um mich dazu zu bringen, dich nicht mehr zu hassen?"

„Wir sind Brüder. Wir sollten zusammenhalten, und einander nicht bei jeder Gelegenheit in den Rücken fallen." Tolliver senkte sein Schwert und seinen Schild und entspannte sich ein wenig. „Ich habe nicht darum gebeten, nach dir geboren zu werden."

Roscobalds linkes Auge zuckte, und Bellarosa schrie instinktiv: „Vorsicht!"

Tolliver reagierte sofort. Sein Schild schoss in die Höhe und blockte den Schlag. Er trat einen halben Schritt rückwärts und stieß das Schwert nach vorn. Die Klinge schlug gegen die gepolsterten Handschuhe seines Bruders. Roscobald schrie vor Schmerz auf und ließ sein Schwert fallen. Sofort warf Tolliver Schwert, Schild und Helm zur Seite und sprang zu seinem Bruder. Er zog ihm den Handschuh aus und untersuchte den blauen Fleck.

„Weg von mir." Roscobald schnaufte.

„Ich habe dich immer bewundert. Du bist intelligent, kannst um Ecken denken und weißt, was du willst." Tolliver rührte sich nicht. „Ich hätte dich lieber als meinen Freund, nicht länger als Feind, wenn ich nächste Woche das Mannesalter erreiche."

„Keine Sorge. Ich werde vorher verschwinden. Mit *dir* als König kann *ich* nicht bleiben."

Tollivers Lippen wurden schmal.

„Du strapazierst meine Geduld, Rosco. Ich bin fünf Jahre jünger als du und habe gewonnen – trotz des unfairen Angriffs.

Denkst du nicht, dass es an der Zeit ist, Frieden zu schließen? Gemeinsam könnten wir dieses Königreich aufblühen lassen. Wenn wir kämpfen, leiden alle."

Roscobald antwortete nicht, aber Bellarosa bemerkte sein Zögern. In Gedanken versunken starrte er den Boden an und erlaubte Tolliver, seine Hand zu untersuchen. Sein kleiner Bruder schien endlich zu ihm durchgedrungen zu sein. Als die Finger verbunden waren, sah er Tolliver an.

„Du bist beharrlich. Das muss ich dir lassen. Aber nach so vielen Jahren Freundschaft zu schließen, wird nicht so leicht, wie du glaubst."

„Wenn wir beide das Beste für unser Königreich im Sinn haben, wird es klappen." Tolliver streckte seine linke Hand – seine Herzhand – aus. Roscobald packte sie am Handgelenk, und sie sahen einander für eine Weile in die Augen, bevor er nickte, losließ und ging.

Weißer Dunst rollte von allen Seiten auf Bellarosa zu. *Nein, noch nicht.* Ihr Blick hing an Tolliver. *Ich muss wissen, was jetzt geschieht.* Aber der Schlaf überrollte sie unerbittlich.

Als sie das nächste Mal hinsehen konnte, schien wenig Zeit vergangen zu sein. Tolliver war mit Wunden und blauen Flecken übersät, saß in seinem Lieblingsstuhl und starrte etwas in seinen Händen an.

Was macht er da? Sie schwebte näher. Sein Bart war weg, was ihn weicher und seltsamerweise erwachsener aussehen ließ. Er roch nach Leder und Seife. Hatte sie früher je Gerüche in ihren Träumen bemerkt? Wie real waren diese Träume eigentlich, und warum hatte sie sie? Der Junge, der kein Junge mehr war, drehte das kleine, prunkvolle Kästchen sanft in seinen Händen. Er hatte schöne Hände – kräftig und mit Schwielen, die dabei aber trotzdem weich wirkten. Seine Finger waren lang, und die Nägel perfekt geformt. Sie hatte noch nie so schöne Hände gesehen. Dieses Mal versuchte er nicht, das Kästchen zu öffnen. Er schien in Gedanken versunken zu sein.

Was denkst du gerade, fragte sie sich.

„Einen Taler für deine Gedanken", sagte Großvater, als er eintrat. Bellarosa war geschockt, als sie sah, wie sehr ihm die Zeit zugesetzt hatte. Sein ehemals kräftiger Körper war gebückt, und seine faltige Haut hing lose über seinen Knochen, als wäre sie zu groß. Aber seine großen, schwieligen Hände und seine intelligenten, blauen Augen waren unverändert geblieben. Warum tat die Zeit den Menschen so etwas an? Bellarosa runzelte die Stirn.

Großvater setzte sich neben Tolliver, der von seinem Kästchen aufsah. Der Blick des jungen Mannes enthielt viel Liebe.

„Haben sie jetzt Zeit?"

Der Großvater nickte.

„Bist du sicher, dass du das tun willst?"

„Das weißt du doch. Begleitest du mich?" Tolliver stand auf und ging zur Tür. „Als moralische Unterstützung?"

Großvater nickte und folgte ihm. Bellarosa war begeistert, wie Tolliver seine Schritte instinktiv an den langsameren Gang des alten Mannes anpasste.

So ein mitfühlender Junge, dachte sie. *Ich meine natürlich Mann.* Sofort schimpfte sie mit sich selbst. *Hör auf, von ihm zu träumen. Er führt sein eigenes Leben und findet nie einen Weg in deine Träume.* Trotzdem konnte sie nicht anders. Sie musste ihm folgen.

Sie betraten ein großes, mit mit unzähligen Wandteppichen ausgekleidetes Zimmer. Ein Feuer brannte im Kamin, aber auf den Scheiben der großen Fenster gab es immer noch einige Eisblumen. Eine Dame in einem weißen Kleid und Umhang saß am Feuer auf einem Stuhl mit gerader Lehne und hielt untätig eine Stickarbeit auf ihrem Schoß. Ein breitschultriger Mann stand neben ihr. Der König sah seinem Vater so ähnlich, das es Bellarosas Herz quälte. Ihr Freund, jetzt gebeugt und alt, hatte einmal genauso ausgesehen. Und er hatte dieselbe goldene, mit Edelsteinen besetzte Krone getragen. Sie blickte zu Tolliver. Eines Tages würde er auch so aussehen.

„Vater. Mutter." Tolliver verbeugte sich leicht. „Ich habe eine Audienz beantragt, um mit euch zu besprechen …"

„Wir wissen, was du besprechen willst, aber wir billigen es nicht", sagte sein Vater. „Du wirfst deine Zukunft weg."

Tolliver lächelte.

„Die Zukunft liegt in der Mechanik, Vater, und Ihr wisst das. Unser Land hat nicht viele Minen, die Böden sind kaum Durchschnitt. Unsere Stärke und unser Reichtum gründen sich auf die Stoffe, die unsere Untertanen weben, die Spitzen, die sie klöppeln, und auf ihre Perlenweberei. Als König kann ich ihnen damit nicht helfen. Als Schmied wäre ich in der Lage, Maschinen zu erfinden, die das Leben der Leute erleichtern. Sie könnten mehr produzieren, was zu höheren Einkünften und weniger Armut führen würde."

„Du bist der rechtmäßige Erbe des Throns." Die Königin versuchte erfolglos, einige Tränen wegzublinzeln.

„Ihr wisst sehr gut, dass Rosco einen viel besseren König abgeben würde als ich. Er ist mit dem Herzen dabei und liebt all die Pflichten, die zu dem Beruf gehören. Und, was noch wichtiger ist, er ist gut darin. Er redet gerne, und die Leute hören ihm gerne zu. Er wäre ein guter König."

„Wenn du deine Meinung später änderst, tritt er sicherlich nicht wieder zurück", sagte der König.

„Ich kenne die Folgen meiner Entscheidung. Ich habe in den letzten Jahre viel darüber nachgedacht."

„Und du willst wirklich auf den Thron verzichten?" Die Königin weinte jetzt offen und tupfte elegant ihre Tränen fort.

„Keine Sorge", sagte Großvater und legte seine Hand auf die Schulter seines Enkels. „Tolliver wird seinen Weg gehen. Er ist stark, intelligent und willig. Ich habe bereits mit dem Schmied in der Stadt gesprochen, und er ist sehr daran interessiert, ihn als Lehrling aufzunehmen, wenn ihr einverstanden seid."

„Bitte erlaubt mir, meinem Traum zu folgen." Tolliver streckte seine rechte Hand nach seinem Vater aus.

„Es gefällt mir nicht. Aber du bist mein Sohn, und ich will nur dein Bestes." Widerwillig nahm der König die angebotene Hand. „Roscobald wird sich über diese Entwicklung sehr freuen."

Bellarosa genoss das glückliche Lächeln auf Tollivers Gesicht und fühlte, wie ihm ihr Herz zuflog. Sie bewunderte ihn dafür, dass er sich seinem Schicksal widersetzte und sein Leben in die eigenen Hände nahm.

„Ich wünschte, ich könnte auch meinem Traum folgen", sagte sie ohne jemanden zu meinen.

Tolliver spitzte die Ohren und sah sich kurz um. Sein Mund öffnete sich, als wolle er etwas sagen. Hastig trat Bellarosa zurück. Tolliver schloss den Mund und verbeugte sich vor seinen Eltern.

„Danke für Euer Verständnis. Ich werde Rosco die gute Nachricht selbst überbringen", sagte er, bevor er ging. Bellarosa flüchtete zurück in ihren Schlaf.

Faylea entschied, dass es an der Zeit war, ihr Patenkind noch einmal zu besuchen. Aber dieses Mal würde sie den Zauber nicht herausfordern. Mit einer Tasse Kräutertee in der Hand saß sie in ihrem bequemsten Sessel und schloss die Augen. Sie ließ ihre Magie in ihren Tee sickern, verankerte aber ihr Herz fest in ihrem Körper. Es wäre dumm, wenn sie den Rückweg nicht finden könnte. Bald umhüllte sie der weiße, betäubende Nebel des Schlafes. Sie schirmte ihre Gedanken und Erinnerungen ab und machte sich auf die Suche nach Bellarosa. Sie brauchte nicht lange, um sie zu finden. Das Herz der jungen Frau leuchtete in der Form der Knopse einer weißen Rose, die kurz vor dem Aufblühen stand. Faylea lächelte. Das letzte Mal, als sie in Bellarosas Träumen gewesen war, war die Rose noch fest geschlossen gewesen. Sie fragte sich, wer den Weg in ihre Gefühlswelt gefunden hatte. Sie würde es später herausfinden. Zuerst musste sich Bellarosa erinnern.

„Aufwachen, meine Liebe." Sie schüttelte Bellarosas Schulter. Es fühlte sich seltsam an, einen Körper zu berühren, der nicht wirklich da war – ein wenig als würde man gefrorenen, aber warmen Nebel anfassen. Bellarosas Augenlider öffneten sich, und sie setzte sich hin.

„Faylea?" Sie blinzelte ein paar Mal und lächelte dann.

Wenigstens hat sich ihr Gedächtnis nicht noch mehr verschlechtert, dachte Faylea.

„Wir müssen miteinander reden, meine Liebe. Der Zauber, der deinen Turm schützt, wird immer schwächer."

„Zauber?" Bellarosa runzelte die Stirn. „Turm?"

Faylea seufzte.

„Erinnerst du dich denn an gar nichts?"

„Tolliver." Bellarosa strahlte. „Ich erinnere mich an ihn, und an seine Brüder, und an seinen Großvater. Sind sie real? Bist du real? Es ist schwer, das zu entscheiden, wenn man hier ist." Sie winkte zu dem weißen Nebel, der sie umgab.

„Du musst deine Erinnerungen besser beschützen", sagte Faylea.

„Das versuche ich ja."

„Woran erinnerst du dich, wenn du an deine Kindheit denkst?"

Bellarosa schloss die Augen und schien konzentriert nachzudenken.

„Mutter hatte weißblondes Haar, und Vater trug einen Bart. Er warf mich immer in die Luft. Und da waren ein Pony und ein Hund."

„Ist das alles?" Fayleas Herz sank. So viele Erinnerungen waren schon verloren. Die Zeit hatte das meiste von dem fortgetragen, was das Leben ihrer Patentochter ausgemacht hatte. „Du musst all deine Erinnerungen zurückbekommen. Ich weiß, dass du das schaffst."

„Kannst du sie mir nicht erzählen?"

„Ich weiß nicht, ob das hilft." Der Druck des weißen Nebels nahm zu, und Faylea verstärkte den Schutzzauber um ihren Kopf herum. „Aber ich versuche es. Wo soll ich anfangen?"

„Am Anfang." Bellarosa setzte sich, und ein Stuhl erschien unter ihr. Faylea folgte ihrem Beispiel und erinnerte sich daran, wie sie ihre Patentochter das erste Mal getroffen hatte. Der Nebel um sie herum veränderte sich und zeigte die Szene genau so, wie sie sich erinnerte.

Dreizehn Feen bei der Präsentation, dachte Faylea. *König Josipher muss verrückt sein. Eine ist mehr als genug und meistens mehr Ärger als Hilfe.* Sie sah sich nach den Gästen um. Der Thronsaal war voll mit Leuten, die alle in ihrer besten Kleidung steckten und mit Schmuck behängt waren.

„Und ich schenkte dir Reichtum!" Faloy, Fee Nummer zehn, trug ein langes, grünes Kleid aus Spinnenseide, das perfekt zur Farbe seiner Augen passte. *Er ist so unglaublich eitel,* dachte Faylea und tätschelte ihr einfaches, schwarzes Kleid. Sie hatte zwar nicht auf ihre Lieblingsfarbe verzichtet, aber für den Anlass wenigstens ein echtes Kleid angezogen. Faloy schwenkte seinen Zauberstab, und ein Funkenregen rieselte auf die neugeborene Prinzessin herab. Die Kleine kicherte. Als Faloy verpuffte bemerkte nur Faylea die grüne Glasfliege, die durch ein offenes Fenster sauste. Sie schnaufte. Schöne Haare, glatte Haut, eine perfekte Figur, helle Augen, ein gutes Herz, ein scharfer Verstand und mehr – die Geschenke der anderen Feen waren genau das, was sie immer schenkten. Aber von Faloy hatte sie mehr erwartet. Schließlich hatte der Typ Verstand. Obwohl sie im Augenblick daran zweifelte.

Die zwölfte Fee, die direkt vor Faylea stand, zappelte.

„Stimmt was nicht?" Mit ihren Kollegen war es immer am besten, so zu tun, als interessierten sie einen.

„Faloy hat ihr den Wunsch geschenkt, den ich nehmen wollte. Dabei hatte er mir versprochen, das nicht zu tun. Was mache ich denn jetzt?" Die Fee rang ihre Hände und ging nur widerwillig weiter, um die Lücke zu schließen, als die elfte Fee vortrat.

„Warum gibst du ihr nicht ein Geschenk, das noch nie zuvor verschenkt wurde?" Faylea wusste, dass das nicht sehr hilfreich war, aber das Gesicht der anderen Fee erhellte sich.

„Danke Faylea. Du bist ein Genie." Wie ein Sonnenstrahl flatterte die zwölfte Fee zur Wiege und wartete nur darauf, dass die elfte Fee fertig wurde.

„Kraft meines Geschenkes wirst du der Natur gebieten. Pflanzen schützen dich, Tiere und Vögel werden deinem Ruf folgen", sagte Fee Nummer elf und verschwand in einer Wolke aus blauem Rauch.

Ach du meine Güte. Das arme Kind, dachte Faylea. *Es wird nicht einen Moment Ruhe finden. Ich frage mich, was als Nächstes kommt.*

Gespannt beobachtete sie, wie die zwölfte Fee ihre Unsichtbarkeit aufhob und über der Wiege schwebte.

„Mein Geschenk an dich ist ewige Liebe. Dein Prinz wird Berge versetzen, um bei dir zu sein." Strahlend, als hätte sie das größte Geschenk von allen gegeben, verschwand die kleine Fee und hinterließ einen Miniaturregenbogen. Faylea schlug sich vor die Stirn. *Dummkopf.* Machte sich denn keiner ihrer Kollegen jemals Gedanken über die Folgen der Wünsche? Der letzte Zauberspruch hatte so viele Schlupflöcher, dass man einen Elefanten hindurch reiten könnte. Und das sogar ohne die Überlagerungen mit den anderen Feenwünschen.

Faylea seufzte. Sie weigerte sich, auf die winzige Größe zu schrumpfen, die bei Hofe so beliebt war. Mitten im Thronsaal wurde sie in voller Größe sichtbar und trat auf die Wiege zu. Die Königin wurde blass, und die Hand des Königs griff instinktiv nach dem Heft seines Schwertes. Warum? Sie war eingeladen und hatte nichts Böses im Sinn. Sie zog eine Augenbraue in die Höhe. Es war doch wohl nicht wegen ihres Kleids. Oder wegen ihrer Frisur? Sie strich über ihre aufgestellten, regenbogenfarbenen Haare. Nun, damit würden die Leute zurechtkommen müssen.

Faylea beugte sich über die kleine Prinzessin und konzentrierte sich auf das Durcheinander der Zaubersprüche, die um das Kind wirbelten und sich verbanden. Die meisten von ihnen waren noch nicht verankert. Das war gut, denn es bedeutete, dass Faylea etwas gegen sie tun konnte. Nur die letzten drei waren so gründlich eingebettet, dass sie richtig Arbeit mit ihnen haben würde. Glücklicherweise war sie die stärkste Fee der Gegend. Sie wischte all die unsinnigen Zaubersprüche beiseite – die Prinzessin würde auch ohne sie schön und klug, das konnte sie sehen – und machte sich an die Arbeit. Sie hob die Hände und begann zu singen. Ein kleiner Wirbelwind entstand, und die Prinzessin kicherte erfreut.

„Mein Geschenk wird alle anderen übersteigen." Faylea spürte wie sich ihr Zauberspruch im Herz des Babys verankerte, und machte weiter. „Denn du erhältst, was keine Prinzessin je zuvor bekam. Ich gebe dir gesunden Menschenverstand …", etwas schien noch zu fehlen, also fuhr sie fort, bevor die Melodie zum Ende kam, „… und ein gutes Gedächtnis."

Der Wirbelwind wurde in die Prinzessin gesogen, und der Zauber wurde wirksam. Die Augen des kleinen Babys weiteten sich, und sie starrte Faylea mit viel mehr Verständnis an, als man von einem so kleinen Kind erwarten konnte. Dann lächelte sie und kehrte zu ihrer kindlichen Art zurück. Erleichtert drehte sich Faylea um, um zu gehen, fand sich aber von Speerspitzen und Hellebarden umringt. Sie sah zum König.

„Nimm diesen Fluch sofort von unserer Tochter." Er sah wütend aus. Um den Angriff selbst zu leiten, war er aber zu sehr damit beschäftigt, seine Frau zu stützen, die den Tränen nahe war.

„Ich habe deine Tochter nicht verflucht." Faylea merkte, dass er ihr nicht glaubte und wusste, dass es keinen Sinn hatte, ihm das komplizierte Zusammenwirken von Feenzaubern zu erklären. Also verschwand sie und hinterließ nichts als eine Wolke schwarzen Staub.

„Siehst du? Dein Vater hat nie verstanden, dass ich das tun musste. Es hat dir nicht geschadet. Ich habe nur sichergestellt, dass du gut für die unerwarteten Nebenwirkungen jener Zaubersprüche gewappnet warst, die sich festgesetzt hatten." Faylea kämpfte gegen die Müdigkeit, die ihr langsam in die Knochen zog. Bald wäre es Zeit zu gehen.

„Wie lange ist das her?" Bellarosa starrte auf ihre Hände.

„Mehr als einhundert Jahre." Es war unmöglich eine Nachricht wie diese sanfter zu überbringen. Am besten sagte man es zügig und deutlich. „Einhundert fünfzehn einhalb, um genau zu sein."

„Also bin ich eine verzauberte Prinzessin?" Bellarosa sah auf. „Ich hatte ein echtes Leben?"

Faylea nickte.

„Was ist mit den Träumen, die ich jetzt habe? Sind sie real?"

Faylea nickte wieder und gähnte.

„Sie zeigen dir, was außerhalb des Turms passiert, in dem du ruhst."

„Wann wache ich wieder auf?"

Das war eine wirklich gute Frage, und eine, die Faylea nicht wirklich beantworten konnte. Sie zuckte mit den Schultern.

„Vielleicht wenn du dich an alles erinnerst."

„Erzähl mir mehr."

„Das kann ich nicht. Wenn ich nicht gehe, muss ich für immer hier bei dir bleiben." Sie gähnte so lange, dass sie befürchtete, ihren Mund nie wieder schließen zu können. „Ich würde dir lieber helfen, von diesem Ort zu fliehen."

„Aber du kommst zurück, oder?" Es lag so viel Angst in Bellarosas Stimme, dass ihr Faylea alles versprochen hätte. Anschließend kehrte sie eilig in ihren Körper zurück. *Du liebe Güte, bin ich müde.* Sie ging ins Bett und schlief sofort ein. Es war ein gesunder, nicht-magischer Schlaf.

Tolliver tauchte das Stück Metall, an dem er arbeitete, in den Wassereimer. Warum tat es nicht, was er wollte?

„Versuch es morgen mit dem größeren Hammer", sagte sein Meister, ohne aufzublicken. Wahrscheinlich spürte er Tollivers Unzufriedenheit. „Es ist noch nie ein Meister vom Himmel gefallen, und bisher hast du dich gut geschlagen."

Bevor Tolliver auf das unerwartete Lob reagieren konnte, knallte die Tür zur Schmiede gegen die Wand, und seine Brüder traten ein.

Der Schmied verbeugte sich beinahe bis zum Boden. „Hoheit …"

Roscobald beachtete ihn nicht.

„Na, Bruder, bist du bereit für einen Kampf?"

„Nicht wirklich." Tolliver gähnte. Es war ein anstrengender Tag gewesen, und er wollte das Kästchen endlich öffnen.

„Du hast Vater versprochen, dass du dein Training trotz deiner … Ausbildung fortführen würdest." Er spuckte das Wort ‚Ausbildung' aus, als wäre es ekelerregend. Doch seit Tolliver abgedankt hatte, war er viel freundlicher zu seinem jüngeren Bruder.

„Das tue ich, aber ich brauche zuerst eine Pause, und ich werde heute an keinem Übungskampf teilnehmen. Ich werde heute schattenkämpfen." Tolliver hängte seine Lederschürze an den richtigen Nagel und drehte sich zu der Tür, die ins Haus führte. „Kommt ihr rein, oder sehe ich euch auf dem Übungsplatz?"

„Ich glaube, ich ziehe es vor, dich daheim zu treffen." Roscobald verzog das Gesicht, drehte sich um und ging. Tolliver grinste. Das klappte jedes Mal, wenn seine Brüder auftauchten. Das Innere eines nicht-adeligen Haushalts schien sie zu beleidigen. Nachdem er sich gewaschen hatte, traf er seinen Meister und dessen Gattin in der Küche zum Abendessen.

„Musst du deine Brüder immer so ärgern?" fragte der Meister, aber Tolliver wusste, dass er nicht wirklich eine Antwort wollte.

Fragen wie diese wurden wahrscheinlich auf Anweisung des Königs gestellt.

„Ich habe noch über eine Stunde Zeit, bis das Training beginnt, und ich würde Euch gerne um einen Rat bitten." Nach langem Nachdenken hatte er sich eingestanden, dass sein Meister wahrscheinlich der Einzige war, der ihm helfen konnte. Er zog das Kästchen, das er vor so langer Zeit gefunden hatte, aus seiner Tasche und gab es dem Schmied. „Ich habe versucht, es zu öffnen, und zwar seit mehr Jahren als ich zugeben möchte, aber ich finde keinen geheimen Mechanismus oder sowas. Und ich will es nicht zerbrechen. Es ist zu schön."

„Ja, das ist es." Die großen Hände des Schmieds berührten das zierliche Kästchen mit überraschender Zartheit.

Die Tür öffnete sich und die Tochter des Schmieds kam herein. Sie brachte drei ihrer Freundinnen mit. Kichernd setzten sie sich um den Tisch. Tolliver gab sich Mühe, so zu tun, als bemerke er die Bewunderung in den Augen der Mädchen nicht. Das Kästchen war viel wichtiger als liebeskranke Backfische. Tief im Herzen wusste er, dass darin ein Geheimnis lag, das nur für ihn bestimmt war. Daher fiel es ihm schwer, seine Aufregung zu kontrollieren.

Der Meister studierte das Kästchen gründlich, dann reichte er es seiner Frau, die dasselbe tat. Tolliver konnte sehen, dass er eine Entscheidung getroffen hatte. Der große Mann schob seinen leeren Teller beiseite und zog seine Geldbörse hervor. Mit äußerster Sorgfalt entnahm er ihm einen Edelstein und einen goldenen Ring und legte beides auf das weiße Tischtuch. Im sanften Kerzenlicht glitzerte der geschnittene Edelstein wie ein Regenbogen.

„Wunderbar!", sagte eines der Mädchen. Die anderen wagten kaum zu atmen.

„Woher hast du das, Vater?"

„Mein Bruder und ich bekamen Ring und Stein von meinem Großvater." Der Schmied schob beides dichter zu Tolliver. „Mach nur. Sieh sie dir genauer an."

Tolliver gehorchte. Der Ring trug eine kleine Platte, in die farbige Keramikstückchen eingelegt waren. Sie bildeten dasselbe Wappenschild, das er auf dem Kästchen gefunden hatte. Auch in den Edelstein war es eingraviert.

„Kommen sie vom Schloss?"

Der Schmied nickte.

„Glaubst du, eines von ihnen kann mir helfen, mein Kästchen zu öffnen?"

„Nein." Es war das Erste, was die Frau des Schmieds sagte. Sie gab ihm sein Kästchen zurück. „Dein Kästchen ist verzaubert, und die Magie ist viel stärker als alles, was mir bisher begegnet ist. Wer auch immer es erschaffen hat, muss eine mächtige Hexe gewesen sein."

„Magie gibt es nicht mehr", sagte Tolliver. „Damit erschreckt man nur noch kleine Kinder."

„Verwirf etwas nicht, nur weil du es nicht sofort verstehst." Die Frau des Schmieds lächelte. „Noch vor wenigen Generationen gab es Magie im Überfluss, und dieses Kästchen ist sehr, sehr alt."

„Woher hatte dein Großvater diese Dinge", fragte die Tochter des Schmieds ihren Vater.

Er zuckte mit den Schultern.

„Ich bin nicht gut darin, Geschichten zu erzählen. Da musst du deinen Onkel fragen."

„Gute Idee. Lasst uns dem Waffenmeister einen Besuch abstatten", sagte eines der anderen Mädchen, sah kurz zu Tolliver und wurde rot. Er seufzte innerlich. War es nicht schlimm genug, dass Roscobald gegen ihn kämpfen wollte? Nein, er musste mit vier Mädchen im Schlepptau auftauchen …

Eine Stunde später presste er seine Lippen zusammen, um damit zurechtzukommen, dass Roscobald ihn mit den Mädchen aufzog.

Zum Glück ignorierten sie ihn und bettelten den Waffenmeister um die Geschichte an.

„Erst das Training", sagte er und reichte Tolliver das Kästchen zurück. Kein Bitten und Betteln konnte ihn umstimmen. Da die Mädchen darauf bestanden zuzusehen, benahmen sich selbst die härtesten Kämpfer gut. Niemand warf mit Beleidigungen oder Flüchen um sich, wenn das Übungsschwert des Gegners die Deckung durchbrach. Gegen seinen Willen musste Tolliver gegen Theoderic antreten. Obwohl sein ältester Bruder ein guter Kämpfer war, hätte er ihn leicht überwältigen können. Aber er tat es nicht. Stattdessen ging er alle Kampfpositionen durch, die ihm einfielen. Schließlich war er gekommen, um zu trainieren, nicht, um seinen Bruder zusammenzuschlagen.

Als der Waffenmeister das Training beendete, versammelten sich alle, sogar die ältesten Kämpfer, um ihn herum und warteten auf seine Geschichte. Alle liebten eine gute Geschichte. *Ich könnte ein Vermögen verdienen, wenn ich eine Maschine bauen könnte, die Geschichten erfindet,* dachte Tolliver. Er lächelte und suchte sich einen Sitzplatz so weit wie möglich von den Mädchen weg. Zum Glück schienen sie ihn für den Augenblick vergessen zu haben. Der Waffenmeister setzte sich auf eine hölzerne Bank an der Seite der Fechtarena und atmete mehrfach tief durch, bevor er mit seiner Geschichte anfing. Offensichtlich genoss er es, ein Publikum zu haben.

„Einst", sagte er, lehnte sich zurück und stopfte seine Pfeife, „lebte eine wunderschöne Prinzessin in einem Schloss auf einem Felsen über dem Ort, an dem jetzt der Wald wächst. Ein Dorf lag zu Füßen des Felsens, das jetzt verlassen und überwiegend abgetragen ist. Das Holz und die Steine wurden wiederverwertet, nachdem ... Aber vielleicht sollte ich am Anfang beginnen.

„Der Familie der Prinzessin gehörte das Wappen, das auf der Seite des Kästchens eingraviert ist. Der Vater, König über etwa die Hälfte dessen, was jetzt unser Land ist, lud von nah und fern Menschen zur Präsentation seiner neugeborenen

Tochter ein. Er war so stolz auf sein zweites Kind, dass er auch zwölf Feen einlud – zwölf galt damals als Glückszahl. Als alle Feen die kleine Prinzessin mit Geschenken bedacht hatten, tauchte eine dreizehnte Fee auf. Sie war schwarz gekleidet, hatte regenbogenfarbene Haare und einen bösen, starrenden Blick. Sie verfluchte das Kind.

Am Abend vor ihrer Hochzeit ließ der Fluch die Prinzessin für immer einschlafen. Rosen wuchsen aus der Erde und bedeckten das ganze Schloss in weniger als einem Tag.

Der Vater meines Vaters war zu jener Zeit der Schmied des Schlosses. Seine Frau arbeitete in der Küche als Beiköchin. Durch die Wünsche der Feen entwickelte sich die Prinzessin prächtig. Sie war schön und reich, und jeder mochte sie. Sie besuchte den Schmied ebenso oft wie die Küche, und es machte ihm Freude, ihr vieles beizubringen, das eine Prinzessin nicht wirklich wissen musste. Er war nicht der Einzige.

Während sie älter wurde, lernte die Prinzessin kochen, nähen, spinnen, lesen und jagen. Sie reparierte kleinere Werkstücke aus Eisen, Kupfer oder Bronze, kletterte auf Bäume, arbeitete in den Gärten und vieles mehr.

Bis es ihr Vater herausfand.

Von dem Tag an musste sie im höchsten Turm des Schlosses bleiben, wo sie alles über Politik und die repräsentativen Pflichten einer Königin lernte. Schließlich war *sie* die Erbin des Throns, nicht ihre ältere Schwester. Der König wollte sie an ihrem siebzehnten Geburtstag mit dem Kronprinzen des Nachbarreichs verheiraten. Mein Großvater hörte Gerüchte von den Hausangestellten, nach denen das arme Mädchen mindestens zweimal zu fliehen versuchte. Aber sie wurde stets gefasst und musste in ihr Zimmer zurückkehren. Sie muss furchtbar wütend gewesen sein.

Zwei Wochen vor der geplanten Hochzeit kam ein König aus einem der nördlichen Länder zu Besuch. Natürlich waren beide Prinzessinnen bei seinem Empfang anwesend. Meine

Großmutter erzählte immer , dass die Thronfolgerin dagesessen hätte wie eine Statue. Der König aus dem Norden war von ihrer Schönheit und dem Reichtum des Königreichs geblendet, so dass er ihre Hand forderte. Aber ihr Vater lehnte ab.

Ein Wort folgte dem anderen, und schon erklärte der König aus dem Norden dem Vater der Prinzessin den Krieg. Mein Großvater arbeitete, so hart er konnte, um Schwerter, Dolche und Hellebarden zu schärfen, neue Speerspitzen zu schmieden und die Kettenhemden der Ritter zu reparieren. Und die Küche beeilte sich, genügend Lebensmittel einzulagern, damit es im Falle einer Belagerung genug zu essen gab, denn die Ernten auf auf dem Felsen, auf dem das Schloss stand, waren gering.

Drei Tage vor dem siebzehnten Geburtstag der Prinzessin machte sich die Königin auf den Weg in das Nachbarkönigreich, um die Hochzeit vorzubereiten, und der König zog mit einer kleinen Armee aus, um die Grenze gegen die Rückkehr des Königs aus dem Norden zu sichern. Die beiden Prinzessinnen blieben zu Hause.

Da schlug der Fluch zu, und die Rosen begannen zu wachsen. Diener flüchteten eilig aus dem Schloss und dachten oft nicht einmal daran, ihr Hab und Gut mitzunehmen. Nur mein Großvater behielt einen kühlen Kopf. Er köpfte Rosen, während er das Schloss durchsuchte. Zuerst fand er seine Frau, und gemeinsam suchten sie nach den Prinzessinnen. Sie fanden das ältere Mädchen, das verzweifelt gegen die Tür eines Zimmers im höchsten Turm hämmerte und nach der jüngeren Prinzessin rief. Großvater, von seiner schweren Arbeit stark, zerschlug die Tür. Doch als sie versuchten, durch die Öffnung zu treten, um die Prinzessin zu holen, die unbeweglich auf ihrem Bett lag, hinderte eine unsichtbare Barriere sie daran. Sie versuchten es immer wieder, mussten aber aufgeben, als die Rosen begannen, die Wände des Turms hinauf zu wachsen.

Die ältere Prinzessin weinte um ihre Schwester und war aus Trauer kaum in der Lage zu gehen. Trotzdem gelang es ihnen gerade noch rechtzeitig zu entkommen. Mit blauen Flecken und Schürfwunden erreichten sie die Sicherheit des Dorfes unten am Felsen. Mein Großvater brachte die Prinzessin zu ihrer Mutter ins Nachbarkönigreich. Mehrere Jahre lang versuchten die Eltern der Prinzessin, ihr früherer Verlobter und sogar der König aus dem Norden den Kokon der Rosen zu durchbrechen. Erfolglos!

Am Ende kehrte der König aus dem Norden in sein Land zurück. Die erstgeborene Prinzessin heiratete den Kronprinzen unseres Landes, der auf diese Art die Königreiche vereinte, und sie schenkte einem Sohn das Leben. Die Eltern der älteren Prinzessin lebten bis an ihr Lebensende bei der jungen Familie. Aber das Schloss, jetzt seit nahezu einhundert Jahren überwuchert, ist fast völlig in Vergessenheit geraten."

„V-v-versucht du uns w-w-weiszumachen, d-d-dass in d-d-der Ruine im W-W-Wald ein M-M-Mädchen schläft?" Theodric sprach seltenen so viel. Normalerweise traute er sich nicht, zu reden, schon gar nicht wenn Mädchen in der Nähe waren. Aber alle waren zu sehr von der Geschichte fasziniert, um ihn wegen seines Stotterns aufzuziehen. Eines der Mädchen strich sogar gespielt zufällig über seine Hand.

„Vermutlich ist sie vor langer Zeit dahin gesiecht und gestorben. Kein Mensch kann so lange leben." Der Waffenmeister zuckte mit den Schultern. „Obwohl … wenn Magie im Spiel ist, kann ich nichts ausschließen."

Roscobald rutschte etwas vor.

„Wenn die Diener flohen, ohne viel mitzunehmen, sollte es in der Ruine einen Schatz geben, oder nicht?"

„Es heißt, der frühere König sei ziemlich reich gewesen, und es ist anzunehmen, dass niemand durch die Rosen gelangt ist. Also ja, es sollte ein Schatz dort herumliegen."

„Was ist mit der Prinzessin?", fragte eines der Mädchen. „Wenn die Magie sie dort oben am Leben hält, sollte da nicht jemand versuchen, den Zauber zu brechen?" Die Frage führte zu einem Sturzbach an Fragen, die der Waffenmeister nicht beantworten konnte.

„Was für einen Fluch benutzte die Hexe?"

„Welche Geschenke bekam die Prinzessin von den anderen Feen?"

„Wie könnten wir die Feen finden?"

„Was passiert, wenn jemand versucht, durch die Rosen zu kommen?"

„War die Prinzessin sehr verliebt in ihren Prinzen?"

„Muss sie nicht schrecklich einsam sein, wenn sie hundert Jahre schläft?"

Am Ende scheuchte der Waffenmeister alle fort. Als sie widerwillig davon schlichen, ging auch er.

Bellarosa hatte Tolliver während der ganzen Geschichte beobachtet und sich gefragt, was er wohl dachte. Seine Gesichtsmuskeln bewegten sich nicht, und er nahm nicht an der scheinbar endlosen Diskussion teil. Aber es war klar, dass er genau zuhörte. Natürlich schlug Roscobald vor, sich ins Schloss zu schleichen und was auch immer an Wertsachen herumlag zu stehlen – er nannte es bergen.

„Schließlich gehört der Schatz rechtmäßig unserer Familie", sagte er. „Die Mutter unseres Großvaters war die ältere Prinzessin, wenn ich die Geschichte richtig verstanden habe."

„Aber wie wollt Ihr an all den Rosen vorbeikommen?" fragte einer der jüngeren Leibgardisten des Königs.

„Vergessen Sie nicht, dass die Pflanzen wahrscheinlich immer noch verzaubert sind", fügte eines der Mädchen hinzu.

Roscobald zuckte mit den Schultern und begann einen längeren Vortrag über die Unverträglichkeit von dampfgetriebenen Maschinen und Magie.

Etwas zupfte an Bellarosas Erinnerung. Hatte sie nicht in letzter Zeit eine ähnliche Geschichte gehört? Rückblickend könnte da eine Fee gewesen sein, die ihr etwas Wichtiges gesagt hatte, aber sie kam einfach nicht darauf. Warum war es so schwierig, sich zu erinnern? Nun ja, wenn es wirklich wichtig wäre, würde es zu ihr zurückkommen – behauptete jedenfalls Tollivers Großmutter immer. Bellarosas Gedanken kehrten zu dem verfluchten Mädchen zurück. Was wäre, wenn die Prinzessin immer noch dort war. Wäre sie jetzt eine alte, verdorrte Frau? Oder hatte sie der Fluch wie einen aufgespießten Schmetterling konserviert? War sie tot? Sie betrachtete die Leute, die enthusiastisch eine Rettungsmission besprachen, und merkte, dass es ihnen egal zu sein schien. Sie redeten die ganze Zeit nur über den Schatz, und wie man ihn bergen konnte.

„Was ist mit der Prinzessin?", fragte Tolliver. „Wenn der Zauber der Rosen noch aktiv ist, ist es nur vernünftig anzunehmen, dass es der Fluch auch ist. Was wäre, wenn sie noch lebt? Sollten wir nicht lieber versuchen, ihr zu helfen?"

Bellarosa spürte, wie ihr Herz bei seinen Worten schneller schlug. Woher kannte er ihre Gefühle? Konnte er ihre Gedanken hören?

„Du kannst ja nach der Prinzessin suchen. Ich nehme den Schatz", sagte Roscobald. „Ich wette, dass sie mit hundert und wer-weiß-wie-vielen Jahren die größte Schönheit der Welt sein wird."

Alle lachten, nur Tolliver nicht. Er stand einfach auf und sagte: „Lasst uns gehen."

Theoderic und Roscobald beschlagnahmten die mit Dampf angetriebene Heckenschere des Gärtners, sowie einige Wasserschläuche aus der Küche. Bald waren sie auf dem Weg zum Wald. Bellarosa schwamm weiter und beobachtete die jungen Leute. Als sie die Rosen erreichten, aktivierte Roscobald die Maschine, die die Heckenschere antrieb, und durchtrennte die erste Rosenranke. Ein ärgerliches Gemurmel erfüllte die Luft, welches das Schnaufen der Dampfmaschine übertönte. Bellarosa presste die Hände auf ihre Ohren, weil es sie schmerzte. Da niemand sonst auf das Geräusch reagierte, war es für die anderen wahrscheinlich nicht zu hören. Roscobald schnitt eine weitere Ranke ab. Das Murmeln wurde lauter, und aus dem Boden schossen vier neue Ranken. Sie rissen dem Prinzen die Heckenschere aus den Händen und zerfetzten sie, indem sich äußerst dornige Ranken um die Maschine schlangen. Weitere Ranken tauchten auf und griffen nach Roscobald, aber Tolliver zerrte ihn rechtzeitig aus dem Weg.

Sie werden es nie schaffen, dachte Bellarosa, ohne auf die hitzige Diskussion neben ihr zu achten. *Hoffentlich lassen sie ihre Bemühungen bald.* Sie versuchte, den Drang zu ignorieren, der sie dichter zu den Rosenranken zwang. Konnten die Rosen sie überhaupt berühren?

Sie trat dichter und immer dichter an die Ranken heran, und sie zeigten keine Reaktion, so als wüssten sie nicht, dass sie hier war. Bellarosa ging weiter, bis ihre Füße in dem Gewirr aus Ranken versanken. Plötzlich wurde ihr wirklich klar, was es bedeutete, eine körperlose Stimme zu sein. Sie hatte keinen Körper mehr. Wo war er? Was war mit ihm passiert? Sie musste Faylea fragen, wenn die Fee das nächste Mal zu Besuch käme. Genervt von der Tatsache, dass sie sich kaum erinnern konnte, stampfte sie durch die Rosensträucher. Keine Dornen zerrissen ihr Kleid, keine Ranken berührten sie. Alles, was geschah, war, dass es langsam dunkler wurde, je mehr Blätter die Sonne bedeckten. Nach kurzer Zeit erreichte sie das Pförtnerhaus. Mit dem Fallgitter und der Zugbrücke über dem künstlichen Wassergraben musste es beeindruckend gewesen sein. Die Steinmauern reichten so hoch wie Bellarosa gucken konnte, waren aber so mit Rosenstämmen überwachsen, dass die Steine kaum noch zu sehen waren.

Bellarosa betrat das Schloss. Der Hof war überraschenderweise sauber. Einige tote Blätter hatte der Wind herein getrieben und die Überreste eines eiligen Rückzugs waren zu sehen – umgedrehte Eimer mit einem Seil, viel Holz, das bereits verwittert war, ein Stapel Wäsche, der jetzt kaum mehr als ein vermodernder

Haufen war, und überall Vogelkot. Bellarosa überquerte den Hof. Die Hallen wirkten sauberer, als hätte der Fluch alle Tiere fern gehalten. Die Teppiche an den Wänden waren verblasst, aber immer noch schön. Die Möbel schienen vom Zerfall unberührt, wenn auch etwas staubig. Bellarosa ging von einem Korridor zum nächsten und fragte sich, warum ihr alles so vertraut vorkam. Dort … wenn sie sich recht erinnerte führte die massive Eichentür mit den Eisenscharnieren zur Schatzkammer. Um sich zu beweisen, dass sie falsch lag – denn woher sollte sie das wissen – trat sie durch die Tür.

Das Zimmer dahinter war dunkler als die Nacht. Sie tastete herum, konnte aber nichts fühlen. *Kein Wunder, ohne Körper,* dachte sie. Enttäuscht ging sie nach draußen in den helleren Korridor zurück. Ziellos wanderte sie durch das verlassene Schloss, sah in jedes Zimmer und bestieg jeden Turm. Alleine in einem Schloss herumzuwandern, das für einige hundert Diener und eine königliche Familie gebaut worden war, fühlte sich seltsam an. Noch seltsamer waren die Erinnerungen, die mal da waren und dann wieder verschwanden und ein Gefühl des Verlusts zurück ließen. Wenn sie sich nur erinnern könnte …

Als sie die Stufen des letzten Turms hinaufstieg, versuchte sie zu entscheiden, ob sie noch einmal mit Tolliver reden sollte. Er und seine Brüder schienen fest entschlossen, das Schloss zu untersuchen. Dabei gab es darinnen nichts, was es wert wäre, sich den Rosen zu stellen. Sie könnte ihm sagen – müsste ihm sagen – er solle sein Leben retten. Warum zögerte sie? Er war inzwischen bestimmt alt genug, um es niemanden merken zu lassen, wenn er mit einer unsichtbaren Person redete.

Sie hatte das oberste Stockwerk erreicht und stand vor den Überresten einer Tür. Das Zimmer dahinter war heller als der Rest des Schlosses, da die Fenster frei von Rosenranken waren. Ein Himmelbett stand ein Stück zur Seite, und etwas – oder jemand – lag tatsächlich unter der Daunendecke.

Bellarosas Mund wurde trocken. Sollte sie wirklich hineingehen? Würde der Fluch sie aufhalten, wie den Schmied aus der Geschichte? Versuchsweise trat sie einen Schritt vor. Ihr Herz hämmerte wie eine dieser neumodischen Dampfmaschinen, mit denen Tolliver die ganze Zeit arbeitete, aber nichts geschah. Die Luft war auf der anderen Seite der Schwelle die gleiche. Schritt um Schritt schloss sie zögernd die Lücke zwischen Tür und Bett. Die Gestalt darin bewegte sich nicht. Sie schien nicht einmal zu atmen. Bellarosas Kehle wurde eng, obwohl es keinen Grund zur Sorge gab. Aber es lag etwas in der Luft, das die Haare auf ihren Armen zu Berge standen.

Dann war sie nahe genug, um an den Vorhängen des Betts vorbei in das Gesicht der Person dahinter zu schauen.

Eine Sturzflut an Erinnerungen stürzte auf sie ein. Wie ein Blatt in einem Wasserwirbel wurde sie durch das Zimmer geschleudert, körperlos und schwach. Zu viele Erinnerungen schossen gleichzeitig auf sie ein. Der besorgte Blick ihres Vaters, als er sich für den Kampf rüstete. Der ebenso besorgte Blick ihrer Mutter, als Bellarosa darauf beharrte, dass sie „Prinz Langweiler" niemals heiraten würde. Die tröstenden Arme ihrer Schwester, als sie weinend im Turmzimmer saßen, und ihr Annabelle beichtete, dass sie sich in Bellarosas Verlobten verliebt hatte.

Dann, rosafarbene Flammen, die sie umgaben, und Stille, die nach ihr griff.

Nein!

Das bin nicht ich.

Ich kann nicht diese Prinzessin sein.

Bellarosa riss sich mit aller Kraft, die sie aufbringen konnte, von den Erinnerungen los.

Ein weißer Nebel hüllte sie ein …

… und die Welt verschwand.

Huuuuuuuuuuup!

Der Klang des Alarms schnitt durch Fayleas Knochen und hallte durch ihr Gehirn. Warum hatte sie ihn so laut eingestellt? Weil sie nicht damit gerechnet hatte, ihn jemals zu brauchen. Er war für Notfälle mit ... *Ach du meine Güte, etwas ist mit Bellarosa passiert!*

Schnell wie der Blitz verließ Faylea ihr Haus und raste auf den Turm zu. Aus den Augenwinkeln sah sie eine kleine Gruppe niedergeschlagen wirkender junger Leute aus dem Bereich der Rosenhecke treten und auf die Hauptstadt des Königreichs zusteuern. Hatten sie eine Falle ausgelöst? Oder hatten sie etwas anderes getan, das Bellarosa verletzt hatte? Sie warf ihren stärksten Eiszauber auf die Rosen und raste auf die obersten Fenster des höchsten Turms zu. Eine Ranke griff träge nach ihr, aber sie sauste vorbei, bevor die Pflanze genug aufwachen konnte, um sie zu fangen. Von ihrer eigenen Stärke überrascht, landete sie neben der schlafenden Prinzessin. Das Mädchen schien unverändert. Faylea sah sich um. Etwas musste geschehen sein, auch wenn sie nichts sehen konnte. Dann fiel ihr Blick wieder auf das Bett. Die weiße Rose in der Vase auf dem Nachttisch war aufgeblüht. Weißer Nebel strömte heraus und griff nach etwas Unsichtbarem über dem Bett.

Faylea schlüpfte in Bellarosas Traum, um nachzusehen, ob sie feststellen konnte, was ihre Patentochter bedrohte. Der Traumkörper der Prinzessin hing zusammengerollt wie ein Fötus in der Luft, und sie weinte leise. Ein Ball aus Weiß hüllte sie ein und hielt die Erinnerungen fern, die ihr die weiße Rose schickte.

„Bellarosa!" Faylea versuchte erfolglos in den weißen Ball hineinzukommen. „Bellarosa, komm raus. Du weißt, dass du dich deinen Erinnerungen irgendwann stellen musst."

„Ich kann nicht." Das Mädchen jammerte. „Sie sind alle tot."

„Dagegen kannst du nichts tun. Du musst stark sein."

Das Mädchen antwortete nicht und rollte sich noch fester zusammen.

Ich muss etwas tun. Faylea sah sich gehezt um. Gab es hier etwas, das Bellarosas Meinung ändern könnte. *Wenn das Mädchen nur nicht so stur wäre. Das ist ja auch einer der Gründe gewesen, warum sie in diesen Schlamassel hineingeraten ist.* Ihr Blick fiel aus dem Fenster auf das Schloss der neuen Hauptstadt. *Natürlich. Der Prinz! Der erste Kuss der wahren Liebe könnte Bellarosa retten.* Faylea hatte das bereits mehrfach gehört. Außerdem hatte sie die wachsende Faszination Bellarosas für den Kronprinzen bemerkt.

„Warte hier", sagte sie zu der Prinzessin in ihrer Blase aus Vergesslichkeit. „Ich hole Hilfe."

Ohne auf eine Antwort zu warten, die wahrscheinlich sowieso nie kommen würde, erneuerte sie ihren Eiszauber und schoss wieder aus dem Turm heraus. Dieses Mal schien ihr Zauber die Rosen weniger zu beeinträchtigen. Die Ranken schlugen nach ihr. Dornen zerfetzten ihr Kleid, ihre Haare, ihre Haut. Sie brauchte all ihre Kunst und Magie, um die Pflanzen davon abzuhalten, sie zu töten. Nach einer Ewigkeit geprägt von Schlägen und Schnitten, die kaum mehr als einige Sekunden gewesen sein konnte, brach Faylea aus der Hecke hervor und sauste in Richtung Hauptstadt davon. Sie musste diesen Prinzen finden, ganz gleich was passierte.

Hilfe, Hilfe, Hilfe ... das Wort hallte in Bellarosas Kopf hin und her, wurde lauter und lauter. Niemand konnte ihr helfen. Sie war ganz alleine. Am besten starb sie gleich. Tolliver ... er würde helfen, wenn er von ihr wüsste, oder nicht? Bellarosas Tränen versiegten, als sie über diese Frage nachdachte. Würde er sich wirklich den todbringenden Dornen stellen, um zu jemandem zu kommen, den er noch nie gesehen hatte? Reden zählte nicht. Bellarosa setzte sich auf und sah um sich. Das Turmzimmer war wie immer, aber die Rosen draußen waren wahnsinnig geworden. Sie peitschten durch die Luft, wanden sich und zuckten wie Würmer in einer Dose. Die Erinnerung an Graf Ludger, der ihr gezeigt hatte, wie man einen Karpfen fängt drängte sich ungefragt in ihre Blase. *Graf Ludger ist bereits mehr Jahre tot als er gelebt hat*, dachte Bellarosa. *Ich will mich nicht an ihn oder irgendjemand anderen erinnern.* Sie presste die Lippen aufeinander. In ihre Schutzblase gehüllt schwebte sie aus dem Turmfenster und flog in Richtung der Schmiede in der neuen Hauptstadt. Sie musste Tolliver sehen.

Schneller als gedacht erreichte sie sein Zimmer. Es war kalt und leer, und sie musste lange warten, bevor die Tür endlich aufging. Tolliver war mit den zerrissenen Resten von Rosenblättern übersät, und sein Gesicht strahlte Erschöpfung aus. Offensichtlich müde, ließ er sich rücklinks auf sein Bett fallen. Nachdem er einige Male tief durchgeatmet hatte, nahm er das Holzkästchen von seinem Nachttisch und drückte es gegen seine Brust.

„Ich weiß, dass du der Schlüssel bist", flüsterte er. „Ich weiß nicht wie oder warum, aber ich muss dich öffnen. Und zwar jetzt. Und wenn du nicht von allein aufgehst, hole ich mein Werkzeug."

Bellarosa dachte an den schweren Hammer und die Zangen und zitterte. Er würde die zarten Schnitzereien beschädigen oder das Kästchen völlig zerstören. Als Tolliver von seinem Bett aufstand, klebte ihr Blick an dem Kästchen. Warum war es plötzlich so wichtig? Eine Verbindung, die sie vorher nicht gespürt hatte, zog sie magisch an. Eine Erinnerung trieb eben außer Reichweite, und je mehr Bellarosa versuchte, sie von sich weg zu schieben, desto mehr drängte sie in ihr Bewusstsein.

Ich. Will. Mich. Nicht. Erinnern! Sie weinte beinahe vor Anstrengung. *Auf der Innenseite gibt es einen Riegel.* Die Erinnerung hatte es geschafft. Das Kästchen konnte nur von innen geöffnet werden – mit Magie … oder mit … vielleicht … sie war sich nicht sicher. Und es war sowieso nicht wichtig, das Kästchen zu öffnen. Das Problem war nur, dass sie sich irgendwie ganz sicher war, dass es doch wichtig war. Mit einem Seufzer folgte sie Tolliver in die Schmiede. Bevor er die Zange oder den Hammer nehmen konnte, griff sie in das Kästchen und zog an dem magischen Hebel. Mit einem leisen Ping klappte der Deckel auf.

Die Hand zur kleinsten Zange ausgestreckt, starrte Tolliver das Kästchen an. Sein Herz hämmerte, und Schweiß bildete sich in seinen Achselhöhlen. Der Deckel stand halb offen, als wäre er nie abgeschlossen gewesen. Unmöglich! Das war … Zauberei. Eine einzelne Schweißperle lief über seine Stirn und blieb an einer Locke seiner Haare hängen. Es fühlte sich an, als würde jemand ein Messer über seine Haut ziehen. So unwahrscheinlich es auch schien, die einzige Erklärung war, dass nicht alle Magie aus dem Königreich verschwunden war. Als Kind hatte er seinen Großvater um Geschichten über Magie angebettelt, aber jetzt ließ ihn die einfache Tatsache erstarren, dass sie immer noch existierte. Er versuchte, seine Atmung zu beruhigen, griff mit zitternden Fingern nach dem Deckel und klappte ihn ganz zurück. Nichts sprang ihn an – keine dunkle Wolke und kein böses Monster. Er entspannte sich etwas und beugte sich vor. Eine weiße Rose lag auf dunkelblauem Samt. Sie wirkte so frisch, als wäre sie gerade erst gepflückt worden. Ein eisiger Schauer lief ihm über den Rücken, und ihm fiel auf, dass sich die Haare auf seinen Armen aufgerichtet hatten. Er musste all seinen Mut zusammennehmen, um die Rose mit der Spitze seines Zeigefingers zu berühren.

Eine weiße Wolke quoll heraus. Mit einem Schrei sprang Tolliver zurück, aber die Wolke tat ihm nichts. Sie verdichtete sich zu dem Körper einer jungen Frau. Einer jungen Frau, die er kannte. Er hatte sie schon einmal gesehen – am Rande des Todes. Er griff hinter sich und stützte seinen zitternden Körper am Amboss ab. Dessen massige Kälte gab ihm seine Stärke zurück.

Die Erscheinung lächelte.

„Danke für die Aktivierung dieser Aufnahme. Ich nehme an, dass du ein Prinz bist, da der Zauberspruch nur von einem solchen ausgelöst werden kann. Hoffentlich bist du so klug wie es von Prinzen erwartet wird." Die Erscheinung pausierte als würde sie auf eine Antwort warten, die Tolliver aber nicht gab. „Wie vor den Kopf geschlagen, ey?" Ein kurzes Lächeln huschte über das Gesicht des Mädchens. „Ich gehe mal davon aus, dass mein Kästchen von mir selbst geöffnet wurde. Ich meine von meinem realen Ich, und das bedeutet, dass ich dringend deiner Hilfe bedarf."

Die Stimme! Tolliver erkannte die Stimme seiner unsichtbaren Freundin. Sie enthielt dieselbe Mischung aus Amüsement und Dringlichkeit. Bevor er mehr tun konnte als tief Luft zu holen, sprach die Erscheinung weiter.

„Ich verpflichte dich hiermit für ein Abenteuer." Die weiße Rose schwebte aus dem Kästchen und klemmte sich an seinen Kragen. Tolliver spürte, wie sich eine unsichtbare Kraft um ihn legte. „Du wirst dich aufmachen, die Prinzessin im Turm zu retten. Die weiße Rose wird dich leiten. Erfüllst du deine Aufgabe, wirst du königlich belohnt." Das Gesicht des Mädchens strahlte durch ein unerwartetes Lächeln. Ihre Augen funkelten wie Diamanten in der Sonne. „Sei gewarnt, dass eine Ehe nicht Teil dieser Abmachung ist, es sei denn, wir stimmen beide zu. Ich bin ein modernes Mädchen, weißt du?" Sie stellte sich wieder gerade hin und machte mit mehr Pomp weiter. „Das Schloss, in dem sich mein Körper befindet, liegt westlich von hier. Deine dringende Abreise ist erwünscht. Lebe wohl." Damit verschwand die Erscheinung.

Tolliver stand erstarrt wie eine Statue. Er war außerstande, sich zu bewegen. Das Mädchen seiner Träume war a) sichtbar gewesen, und hatte b) mit ihm geredet und c) bat ihn darum, ihr zu helfen. Und sie hatte gesagt, dass eine Ehe nicht in Frage kam. Ein Lachen stieg in seiner Brust auf. Er prustete – kicherte – feixte. Er schüttelte sich vor Lachen. Tränen stiegen ihm in die Augen, und er versuchte recht erfolglos, sie abzuwischen. Die

Situation hatte die albtraumhafte Spannung verloren, und seine Erleichterung war überwältigend.

„Hör auf zu lachen." Die Stimme seiner Jugendfreundin schnitt durch sein Gelächter. „Ich brauche deine Hilfe, Tolliver. Wirklich."

Er zwang sich dazu, ruhiger zu atmen, aber es dauerte eine ganze Weile, bis er sich beruhigt hatte.

„Du musst mir helfen, wieder einzuschlafen, Tolliver." Die Stimme klang verzweifelt. „Mach, dass die Träume aufhören. Ich will mich nicht erinnern."

Bevor er antworten konnte, öffnete sich die Tür und sein Großvater trat ein, gefolgt von dem Schmied, der sich ständig verbeugte.

„Wir müssen gehen, Tolliver", sagte Großvater. „Eine Fee bat Roscobald darum, eine verzauberte Prinzessin zu retten, und ich fürchte um sein Leben."

„Rosco?" Tolliver fühlte sich, als habe er den Boden unter seinen Füßen verloren. Warum war sein Bruder ebenfalls gerufen worden? Er hielt sich mit diesem Gedanken nicht auf, sondern packte seine Jacke und sein Schwert, die wie immer nutzlos an einem rostigen Nagel hinter der Tür hingen. Aber in diesem Augenblick schien es das passendste Werkzeug zu sein. So schnell er konnte, lief er aus dem Haus und sprang auf eines von zwei Pferden, die sein Großvater mitgebracht hatte. Seite an Seite galoppierten sie auf den Wald zu. Es wurde schon wieder dunkel. Tolliver dachte an den Tag zurück, an dem er die Stimme das erste Mal gehört hatte, und wie sie den gleichen Weg entlang gedonnert waren – wenn auch in die andere Richtung, und er hatte in den Armen seines Großvaters gelegen und nicht auf einem eigenen Pferd gesessen.

„Glaubst du, dass Rosco in Schwierigkeiten steckt?", fragte er.

„Höchstwahrscheinlich. Wenn ich Theoderic richtig verstanden habe, war die Fee auf der Suche nach dem Prinzen, den ihre verfluchte Prinzessin so sehr mochte. Seine Darstellung der Geschichte war etwas verwirrend, aber ich glaube, sie meinte mich oder dich."

„Und Rosco ist allein losgezogen?" Tolliver wusste nicht, ob er das glauben sollte. Sein Bruder hatte sich Problemen noch nie ohne Theoderic gestellt. Na ja, es gab für alles ein erstes Mal.

„Wenn er nicht der Prinz ist, der dazu bestimmt ist, die schlafende Schönheit zu retten, kommt er in den Rosen zu Schaden." Großvater drängte sein Pferd, trotz der Gefahr der zunehmenden Dunkelheit, schneller zu laufen. Bald erreichten sie den Wald, und es wurde noch dunkler. Nach wenigen Schritten mussten sie ihre Pferde zum Trab zügeln. Großvater zog zwei kleine Laternen und zwei Gaskartuschen aus den Satteltaschen und reichte Tolliver je eine. Sie schraubten ihre Lichter zusammen, und das weiche Leuchten der Laternen erhellte den schmalen Pfad. Als sie die kleine Lichtung mit dem Loch erreichten, das in den Tunnel führte, entdeckten sie Roscos Pferd, das an einen Baum gebunden war. Sie folgten seinem Beispiel und eilten zum Loch. Der Tunnel darunter war dunkel.

„Lass uns den leichteren Weg nehmen", sagte Tolliver und ging zum versteckten Eingang des Tunnels. Er war genau an der Stelle, an die er sich erinnerte. Leise eilten sie durch den Tunnel, bis sie Helligkeit vor sich sahen. Eine Laterne lag auf dem Boden, warf ihr Licht nach oben und beleuchtete Roscobald. Er war von Wurzeln eingewickelt und schnappte keuchend nach Luft. Sein ebenfalls von Wurzeln umschlungenes Schwert hing so dicht unter der Tunneldecke, dass es nicht herunterfiel, obwohl seine Finger den Knauf nicht mehr hielten.

„Rosco!" Großvater riss sein Schwert aus dem Gürtel und stürmte vor. Wurzeln wurden länger und wickelten sich um seine Waffe. Er sprang zurück, aber die Wurzeln folgten ihm. Tolliver zog sein Schwert, trat ihnen in den Weg und schnitt durch ein Bündel. Die Wurzeln erstarrten. Eine zarte, hauchfeine Wurzel wurde länger, bis sie auf Augenhöhe hing und sich dort von Seite zu Seite bewegte wie die hypnotisierten Schlangen, die

Tolliver vom Sommermarkt kannte. Sie schlug nicht zu, und auch die anderen Wurzeln zögerten.

„Ver … schwin … det … schnell!" Roscobalds Stimme war kaum zu verstehen, und er bekam offensichtlich nicht genug Luft. Tolliver trat näher zu ihm, und die Wurzeln zogen sich zurück. Ein Lächeln breitete sich auf seinem Gesicht aus. Etwas oder jemand beschützte ihn. Er griff nach der Schulter seines Bruders, und die Wurzeln gaben sie frei. Tollivers Lächeln wuchs. So schnell er konnte befreite er seinen gefangenen Bruder von den Wurzeln. Erst die Beine, damit er mit den Füßen voran fallen konnte, dann den Rest. Als Roscobald frei war, sank er zu Boden und saugte die abgestandene Luft des Tunnels in seine Lunge, als wäre sie die beste, die er je geatmet hatte.

„Lasst uns gehen." Großvater drehte sich um und ging ein paar Schritte in die Richtung, aus der sie gekommen waren.

„Ich kann nicht. Die Prinzessin ist immer noch gefangen." Tolliver half Roscobald auf die Füße. „Bring Rosco nach Hause. Ich muss bleiben."

„Du weißt, dass sie wahrscheinlich längst tot ist, nicht wahr?" Die Stimme des Großvaters war ernst.

Bevor Tolliver antworten konnte, fiel ein Vorhang aus Wurzeln von der Decke und trennte ihn und Roscobald vom Großvater.

„Tolliver!" Die Stimme war kaum zu verstehen. Tolliver trat vor und erwartete, dass sich die Wurzeln wieder zusammenrollen würden, aber sie bewegten sich nicht. Sie griffen ihn auch nicht an. Sie hielten ihn nur wirksam von seinem Großvater fern.

„Verlaß den Tunnel!", schrie Tolliver so laut er konnte. „Warte auf uns. Wir kommen bald wieder."

Er nahm den Arm seines Bruders, hob die verbliebene Laterne auf und ging tiefer in den Tunnel. Nicht lange und sie erreichten eine Treppe, die nach oben führte. Die Stufen waren mit Wurzeln bedeckt, die sich aber zurückzogen, als Tolliver seinen Fuß auf die unterste Stufe stellte.

„Ich will nicht sterben." Roscobald hing an Tollivers Arm wie ein totes Gewicht. Es war ziemlich unbequem, so die enge Treppe hinaufzugehen, da sie nur für eine Person gebaut worden war. Seitwärts gehend gelang es ihnen, das obere Ende zu erreichen. Sie traten in den hellen Sonnenschein des Schlosshofs.

„Hier lang", sagte eine Stimme. Tolliver sah sich um und entdeckte eine geflügelte Person, so klein wie ein Daumen, die vor Roscobalds Gesicht schwebte. Das Gesicht der Fee war vor Ärger verzerrt. „Bellarosa braucht dich. Warum trödelst du so?"

„Ist Bellarosa der Name der Prinzessin?", fragte Tolliver und zerrte seinen unwilligen Bruder in die Richtung, in die die Fee zeigte. „Wofür braucht sie Roscobald?"

„Er sollte alleine kommen." Die Fee starrte ihn wütend an.

„Er wäre tot, wenn ich nicht gekommen wäre." Sie erreichten eine weitere Treppe. Diese schien zum höchsten Turm zu führen. *Genau wie es der Waffenmeister in seiner Geschichte erzählt hat,* dachte Tolliver.

„Na dann beeilt euch. Bellarosa braucht einen Prinzen, der sie küsst." Die Fee flog vor seinem Gesicht hin und her und zerrte mehrmals an Roscobalds Haaren. „Es ist ihre einzige Chance."

„Du hast mir nicht gesagt, dass die Rosen mich umbringen werden, obwohl ich der Auserwählte bin." Roscobald blieb stehen. „Ich will nach Hause. Keine Prinzessin, nicht einmal die reichste, ist diesen Alptraum wert."

„Nun …" Tolliver ging weiter und lächelte. „Wenn du den Rosen allein gegenüber treten willst, kannst du gerne gehen."

Roscobalds Gesicht verlor alle Farbe, und er eilte seinem Bruder nach. Bald näherten sie sich der Spitze des Turms. Schweiß lief Tollivers Rücken hinunter, nicht so sehr von der Anstrengung, sondern eher von den unheimlichen Rosenranken, die sich vor ihm zurückzogen. Außerdem ging Roscobald so dicht hinter ihm, dass er seine Körperwärme im Rücken spüren konnte.

Die Tür am oberen Ende der Treppe hing schief in den Angeln, und das Holz des Rahmens, wo der Riegel in das dazugehörige Loch gleiten sollte, war gesplittert. Tolliver sah sich um. Die Ranken waren verschwunden, hatten aber Spuren hinterlassen. Blätter trieben über den Boden, und das Licht war gedämpft, weil die Ranken die Fenster komplett bedeckten.

„Lass uns das schnell hinter uns bringen", sagte Roscobald und rannte vorwärts. An der Tür prallte er gegen eine unsichtbare Barriere. „Autsch!" Er hielt seine blutende Nase und sah Tolliver mit Tränen in den Augen an.

Vorsichtig trat Tolliver vor und tastete nach der Barriere, aber seine Hand griff ungehindert durch die Öffnung. Er runzelte die Stirn. Wie kam es, dass er das tun konnte und sein Bruder nicht? Dann erinnerte er sich an die Rose. Sie war wahrscheinlich der einzige Grund, dass sie beide noch am Leben waren. Er streckte die Hand aus. „Komm schon. Meine Rose wird uns beschützten, wenn wir dicht beieinander bleiben."

Hand in Hand mit seinem Bruder und mit der Fee, die auf seiner Schulter ritt, trat er durch die Tür. Das Zimmer auf der anderen Seite war viel heller als der Korridor. Die Rosenranken hatten sich ein Stück weit geöffnet und bedeckten jetzt die Hälfte der Fenster. Ein großes Himmelbett dominierte das Zimmer, und eine Person lag darin. Tolliver konnte nicht erkennen, ob sie atmete oder nicht. Sein Herz hämmerte so stark, dass sein Blut in seinen Ohren donnerte. Er ging auf das Bett zu. Das war es jetzt also. Seine Chance, endlich etwas für seine beste unsichtbare Freundin zu tun. Ob sie so schön wäre, wie ihr Geist, als er ihn gesehen hatte? Oder war ihr Körper verdorrt und alt? Das war nicht wichtig.

Er beugte sich vor. Die Person auf dem Bett lag mit dem Gesicht auf einem ausgestreckten Arm. Eine Wolke weißer Haare bedeckte sie. Tolliver konnte nicht sagen, ob das Haar vom Alter weiß oder nur besonders hellblond war. Sanft schob er die Pracht beiseite und beugte sich noch weiter vor, um besser sehen zu können. Die Rose an seinem Kragen löste sich auf. Weiße Blütenblätter rieselten auf das schöne Gesicht herab, die die Haut wie Feuchtigkeitscreme aufsaugte. Eine Rosenranke schoss durch das Zimmer, wand sich um Tolliver und schleifte ihn mit sich zurück zum Fenster. Dornen gruben sich in seine Arme und durch sein Hemd. Er stöhnte.

„Wir müssen uns beeilen." Roscobald stürmte vor und presste seinen Mund gegen die Lippen der schlafenden Prinzessin. Eine weitere Rosenranke fing ihn und schleifte ihn davon. Die Fee eilte ihm zu Hilfe, aber keiner ihrer Zauber wirkte.

„So'n Mist!" Sie schien alle Magie zu sammeln, über die sie verfügte, und schleuderte sie auf die Rosen. „Erstarrt!"

Die Ranken, die Tolliver und Roscobald hielten, wurden langsamer, bis sie nur noch krochen, aber eine Ranke von einem anderen Fenster schoss hervor und wickelte sich um die kleine Fee.

„Oh nein!" Roscobald schien den Tränen nahe.

Tollivers Verstand raste. Wenn er nur noch einmal mit der Prinzessin reden könnte. Vielleicht fiel ihnen etwas ein, wie sie sich gemeinsam befreien konnten. Es musste doch einen Weg geben. Moment mal. Er hatte da eine Fee und fürchtete sich nicht davor, sie zu benutzen.

„Kannst du mich aus meinem Körper holen?", fragte er sie.

„Warum?" Sie kämpfte gegen die Rose.

Er erklärte es ihr, so schnell er konnte, denn die Rosen bewegten sich immer noch, wenn auch wesentlich langsamer als zuvor. Ein Dorn wurde länger und durchstach die Haut über seinem Herzen.

„In diesem Fall wäre es wahrscheinlich am besten, dich gleich direkt in ihren Traum zu bringen." Der Fee gelang es, einen Arm lange genug zu befreien, um damit auf ihn zu zeigen. „Schlafe!"

Kraft schoss durch Tolliver, und riss ihn aus seinem Körper. Als er sich umsah fand er ihn in der Umarmung einer Rose, die mit einem übergroßen und langsam wachsenden Dorn dabei war, sein Herz zu durchstechen. Es wurde Zeit, sich zu beeilen.

Ungehindert ging er zum Bett. Eine weiße, neblige Rose klammerte sich an das Bett. Sie wurde von farbigen Schmetterlingen angegriffen, die versuchten, einen Weg hinein zu finden. Als er sich näherte, machten ihm die Schmetterlinge Platz, aber er musste ein Blütenblatt gewaltsam herausziehen, bevor er in die Blüte kriechen konnte. Keiner der Schmetterlinge machte Anstalten, ihm zu folgen, aber sie schwebten in der Öffnung, bereit ihm jederzeit nach zu fliegen.

Ein Mädchen saß im Mittelpunkt der Rose und umklammerte ihre Knie. Ihr weißblondes Haar wallte um sie herum, als würde es von unsichtbaren Strömen bewegt.

„Bellarosa?"

Sie sah auf. Ihr Gesicht war von Tränen nass. Ihr Mund klappte auf vor Überraschung.

„Tolliver? Bist das wirklich du?"

„Ich bin gekommen, um dich zu retten." Er half ihr auf die Füße. „Komm mit mir."

„Ich kann nicht." Ihre Stimme war kaum mehr als ein Flüstern. „Wenn ich diesen Ort verlasse, kehren meine Erinnerungen zurück."

„Und was daran so schlimm?"

„Sie sind alle tot. Meine Mutter, mein Vater, meine Schwester, die Diener ... alle, die ich kannte."

Ein beißender Schmerz schoss durch Tollivers Brust, und der Nebel um sie herum färbte sich Rosa. *Die Rose wird mich töten,* dachte er und erinnerte sich an den Dorn. Trotzdem widmete er sich ganz Bellarosa. „Sie haben erfüllte Leben gelebt. Deine Schwester starb im Alter von achtundneuzig Jahren. Vater sagte, dass sie eine unglaublich gute Königin und eine wunderbare Großmutter war. Wir können dir alles darüber erzählen."

„Du verstehst das nicht! Wenn ich jetzt gehe, bin ich ganz alleine mit meinen Erinnerungen. Niemand kann mich hören, und niemand kann mich sehen."

„Aber ich schon." Tolliver merkte, dass der Nebel noch stärker rosa geworden war. Stammte die Farbe vom Blut seines Körpers oder von Bellarosas Angst? „Und meine Großmutter konnte es auch, nicht wahr?"

Bellarosa nickte.

„Siehst du? Wenn es zwei Menschen gibt, die dich hören können, wird es sicher noch mehr geben. Und die Fee wird bestimmt auch helfen." Als sich das Rosa langsam zu Rot abdunkelte, schwanden Tollivers Kräfte. „Aber du musst dich deinen Erinnerungen stellen. Wenn du nicht weißt, wer du bist, wirst du auf ewig an dieses Beinahe-Leben gebunden sein." Er wusste nicht, woher dieser Gedanke gekommen war, wusste aber, dass es die Wahrheit war.

Bellarosa schluckte. „Wirst du an meiner Seite sein? Für immer?"

„Das werde ich." Er streckte seine Hand aus, obwohl er genau wusste, dass er log. Ein toter Mann konnte für niemanden da sein, ganz gleich wie sehr er sie liebte. Ihre Finger zitterten in seinem Griff wie die Flügel eines Schmetterlings. Gemeinsam traten sie durch die Lücke in der roten, nebligen Rose. Tolliver merkte, wie sein Verstand kurzfristig aussetzte. *Nicht mehr lange,* dachte er und konzentrierte sich so gut er konnte auf das Mädchen an seiner Seite. *Sie muss es nicht wissen. Noch nicht.*

Außerhalb der Rose warteten die Schmetterlinge. Tolliver winkte sie näher.

„Kommt nur, sie ist so weit."

Ganz sanft landeten die Schmetterlinge einzeln auf Bellarosas Armen, während ihm die Dunkelheit bedrohlich nahe kam. Trotzdem lächelte er.

„Ich liebe dich, Bellarosa. Für immer!" Er wusste nicht, ob er die Worte wirklich gesagt oder nur gedacht hatte, bevor ihn die Dunkelheit umhüllte.

Bellarosa spürte die Wärme der Hand schwinden, die ihre hielt, als ihre Erinnerungen zurückkehrten. Es fiel ihr wieder ein, wie sie als Dreijährige durch den Park gerannt war und ihre große Schwester sie dafür ausgeschimpft hatte, dass ihre Füße dreckig geworden waren. Sie erinnerte sich an die weiche Nase ihres ersten Ponys, und wie sie geweint hatte, als sie es nach einem Beinbruch hatte töten lassen müssen. Sie erinnerte sich an den Schmied und wie fasziniert sie von seiner Arbeit gewesen war. Die Erinnerung an ihre Eltern vereinte sich mit der Erkenntnis, dass sie bereits sehr lange tot waren, und Tränen schossen ihr aus den Augen. Die Welt um sie herum verschwamm.

„Bellarosa. Konzentriere dich auf den Tag, an dem du eingeschlafen bist!"

Die Stimme war vertraut und schnitt durch ihren Schmerz. Sie blinzelte die Tränen weg und sah sich um. Faylea! Die Fee und zwei Männer waren von Rosenranken umschlungen. Dem Braunhaarigen in ihrer Nähe, Roscobald, wenn sie sich richtig erinnerte – und sie war sich ziemlich sicher – schien es gut zu gehen. Aber der andere, Tolliver, hing schlaff in der Umarmung der Pflanze, und Blut sammelte sich zu seinen Füßen. Rosafarbene Rosen blühten rings um ihn herum. Sie eilte zu den Ranken und packte sie, aber ihre Hände gingen durch die Stämme hindurch, ohne sie zu berühren. Panik sammelte sich in Bellarosas Magen wie ein bleischweres Gewicht. Sie musste ihm helfen, bevor ihn die Rosen umbrachten.

„Du musst dich erinnern, wie alles begann, bevor du wirklich aufwachen kannst", sagte Faylea. „Bitte, Bella, beeil dich. Wenn du aufwachst, kannst du die Rosen einfach bitten, uns freizulassen. Die Pflanzen gehorchen dir. Es ist eines der

Geschenke der Feen zu deiner Präsentation, die selbst mein Zauberspruch nicht rückgängig machen konnte."

Mit blutendem Herzen schloss Bellarosa die Augen und ließ die Erinnerungen in ihr Bewusstsein fließen.

„Bella! Komm da raus." Annabelle trommelte gegen die Tür. „Die Näherin wartet nicht ewig."

„Ich hab doch gesagt, dass ich nicht heiraten werde." Bella streichelte eine der weißen Rosen, die bis dicht an ihr Fenster wuchsen.

„Ihr beschützt mich doch vor Schaden, oder?", flüsterte sie ihnen zu. Ein Zittern an ihren Fingern sagte ihr, dass die Rose tun würde, worum sie sie gebeten hatte, ganz gleich wie lange es dauern würde, dieser Ehe zu entkommen. *Und jetzt zum schweren Teil,* dachte sie. Sie pflückte eine Blüte und legte sie auf ihr Bett. Singend setzte sie sich daneben, schloss die Augen und tastete mental nach der Kraft, die sich um sie herum aufbaute. Das Kribbeln auf ihrer Haut fühlte sich so gut an. Das würde sie niemals aufgeben. Und keiner der Männer, die sie heiraten wollten, schien eine Prinzessin zu tolerieren, die Magie beherrschte. Selbst wenn ihre Heirat zwei Königreiche vereinigen konnte, würde sie lieber sterben als sie aufzugeben.

»Warte Mal. Ich konnte zaubern? Die heutige Bellarosa runzelte die Stirn.«

Bella formte die Kraft in ihren Händen zu einer Kuppel, die sich über ihrem Kopf ausbreitete. Dann ließ sie sie wachsen. Es war der größte Zauberspruch, den sie jemals versucht hatte, und ihre Aufregung wuchs mit jedem Zentimeter, den die Blase größer wurde, ohne zu zerplatzen. Als sie das ganze Turmzimmer füllte, hörte sie auf, weiter Kraft hineinzugeben. Jetzt konnte kein normaler Mensch sie mehr zu einer Hochzeit holen, die sie nicht wollte.

Mit einem zufriedenen Grinsen zog sie einen Holzkasten aus der Schublade ihres Nachttisches.

»Das ist Tollivers Kästchen.«

Bella nahm die Rose und hauchte darauf. Sie zitterte. „Ich werde versuchen, Vater dazu zu bringen, alles über diese Hochzeit zu vergessen. Und die zwei Prinzen will ich dazu bringen, zu vergessen, dass sie mich jemals sahen. Das sollte den unsäglichen Krieg verhindern. Wenn sich der junge Prinz dann in Annabelle verliebt, bekommen alle, was sie wollen. Mich eingeschlossen. Du wirst auf meine Erinnerungen aufpassen, kleine Rose. Wenn etwas schief geht, musst du mir meine Erinnerungen zurückbringen."

Die Rose zitterte, als hätte sie jedes Wort verstanden. Bella begann, all ihre Erinnerungen zu übertragen. Winzige bunte Schmetterlinge flogen zur Rose und wurden absorbiert. Der wütende Sturm in ihrem Herzen klang ab, und sie gähnte.

„Bella? Kind! Hör auf. Du gibst zu viele Erinnerungen fort. Du musst sofort aufhören!" Fayleas Stimme erreichte ihre Ohren kaum noch. „Gib mir das Kästchen. Ich verstecke es an einem sicheren Ort."

Widerwillig ließ Bella das Kästchen los, als ihre Patin daran zerrte. Weißer Nebel umgab sie, und ihr Körper war so schwer … so unglaublich schwer. Vielleicht sollte sie die Augen für einen Moment schließen. Sie konnte den Zauberspruch ja auch später beenden. Er war wahrscheinlich sowieso nicht wirklich wichtig. In ihrem Leben passierte sowieso nie etwas Interessantes, oder?

Sie durchsuchte ihr Bewusstsein, aber da war nichts außer der weißen Leere und dem Wissen, dass jetzt alles gut war. Sie gähnte wieder und legte sich hin. Wie weich die Kissen waren. Sie zog die Decke über ihre Schulter und kuschelte sich in eine bequeme Position. Nur ein paar Minuten …

„Bella, öffne sofort die Tür! Bella!" Annabelles Stimme klang ängstlich. Bella würde nachsehen müssen, wovor sie sich jetzt wieder fürchtete. Wahrscheinlich eine Spinne oder eine Maus. Sie grinste. Gleich würde sie ihr helfen. Nur einen Moment mit geschlossenen Augen auszuruhen würde ihrer Schwester nicht wehtun. Mit einem letzten Gähnen erlag sie dem Weiß.

»*Ich habe mich selbst betäubt.* Die Erkenntnis traf Bellarosa wie ein Hammer. *Es ist meine Schuld, dass die Rosen versuchen, Tolliver zu töten. Ich habe das ganz allein zu verantworten.* Sie zwang die Tränen zurück und konzentrierte sich darauf, endlich aufzuwachen. Sie konnte immer noch spüren, wie die magische Kuppel das Zimmer beschützte, aber der Zauber war dünn geworden. Er löste sich leicht auf. *Wach auf, Bella. Wach auf!*«

Faylea kämpfte gegen die Rosenranken, die sie gefangenen hielten. Sie spürte, wie sich der Schutzzauber auflöste. Endlich geschah etwas in Bellarosas Kopf. Es schien, als hätte das Mädchen endlich ihre Erinnerungen wieder. Aber war das genug? Besorgt starrte Faylea die wachsende Blutpfütze zu Tollivers Füßen an. Die Rosen, die ihn hielten, trugen bereits ein dunkles Rosa. Nicht mehr lange und der Dorn, der in seine Brust stach, würde sein Herz erreichen. Dann würden alle Blüten ein tiefes Rot annehmen. Im selben Moment, würde Tolliver sterben.

„Wach auf, Bella. Schnell", rief sie, wusste aber nicht, ob die Prinzessin sie hörte.

Nach einer Minute, die sich endlos anfühlte, setzte sich das Mädchen auf, gähnte und streckte sich. „Meine Güte, habe ich lange geschlafen."

„Befreie uns. Tolliver stirbt", rief Faylea.

Bellarosa sah sich hektisch um. Sie schien nicht verwirrt, wie Faylea befürchtet hatte. Stattdessen sprang sie vom Bett, lief zu Tollivers Seite und nahm seine Hand.

„Bitte lass ihn los", sagte sie zu der Rose. „Er wollte mir nie wehtun."

Der Dorn brach ab, als sich die Rosenranke zurückzog. Faylea seufzte vor Erleichterung. Die Rosenblüten waren immer noch rosa. Vielleicht war es noch nicht zu spät.

„Hol mich hier raus", sagte sie. „Ich kann vielleicht helfen."

Bellarosa achtete nicht auf sie. Vorsichtig zog sie den Dorn aus Tollivers Brust. Blut schoss ihr entgegen, während sie ihre Hand auf die Wunde presste. Faylea spürte, wie sie Magie sammelte.

Nein, nicht schon wieder!

Bellarosa lehnte sich gegen Tolliver und drückte ihre Lippen auf seinen Mund. Die Kraft, die die Fee gespürt hatte, verschwand abrupt, und die Blutung stoppte. Faylea hielt die Luft an. Nach einer langen, langen Zeit richtete sich Bellarosa wieder auf. Tolliver schien friedlich zu schlafen. Sein Kopf lehnte gegen ihre Schulter.

„Kannst du ihn zum Bett schweben lassen?", fragte Bellarosa und sah Faylea an.

„Wenn du mich endlich hier rausholst."

Einen Augenblick später streckten sich die Rosenranken und gaben Faylea frei. Sie ließ Tolliver zum Bett schweben und nahm ihre normale Größe an. Sie war wirklich um vieles bequemer, und erlaubte es ihr, ihre Patentochter zu umarmen.

„Bin ich froh, dass du endlich aufgewacht bist. Ich habe mir solche Sorgen gemacht."

„Es tut mir leid, dass ich alles falsch gemacht habe." Bellarosas Arme fühlten sich warm und stark an.

„Heh, was ist mit mir? Kannst du mich auch befreien?" Roscobald schien begriffen zu haben, dass sie nicht mehr in Gefahr waren. Einen Moment später stand er neben ihnen. Er sank auf die Knie und nahm Bellarosas Hand. „Schöne Prinzessin, bitte heiratete mich. Ich bin der Thronerbe dieses Königreichs und rettete dich durch den Kuss der ersten Liebe."

Bellarosa entzog ihm ihre Hand und trat einen Schritt zurück. Ihr Gesicht war so bleich wie die Blütenblätter auf dem Bett. Bevor Faylea etwas sagen konnte, setzte sich Tolliver auf.

„Lass den Unsinn, Rosco. Ich bin mir sicher, dass sie keinen Anspruch auf die Hälfte deines Königreichs erheben wird, solange du ihr das Land um dieses Schloss herum lässt." Er schwang die Füße vom Bett und ging auf Bellarosa zu. „Als du mich geküsst hast, hatte ich den Eindruck, dass du niemals aus politischen Gründen heiraten wirst, richtig?"

Wortlos nickte Bellarosa.

„Würdest du es in Betracht ziehen, von Zeit zu Zeit mit einem Schmied auszugehen, damit wir uns ein wenig kennenlernen können?"

„Ich kenne dich bereits gut genug." Bellarosa atmete tief durch und trat entschlossen einen Schritt vor. Sie warf die Arme um Tollivers Hals und küsste ihn. Lange Zeit waren die zwei zu beschäftigt, um zu sprechen.

Faylea spürte das unaufhaltsame Zucken eines Lächelns auf ihrem Gesicht, ganz gleich, wie sehr sie es auch zu unterdrücken versuchte.

„Na, dann ist ja wohl alles in Ordnung." Roscobald wischte sich gleichmütig mit der Hand über die Haare, aber sein Tonfall enthielt eine Spur von Bedauern. „Immerhin bleiben das Land, das sie noch hat, und ihr Reichtum in der Familie. Ich sollte Großvater wissen lassen, dass wir uns auf eine Hochzeit vorbereiten müssen."

„Gute Idee." Faylea stimmte ihm zu. „Aber stellt sicher, dass zur Präsentation ihrer Kinder keine Feen geladen werden."

BONUS-GESCHICHTE: DAS MÄDCHEN, DER KOCH UND DIE FRÖSCHE

angelehnt an den „Froschkönig", Gebrüder Grimm

Jeden Morgen hatte ich für die erste Zeit nach dem Aufstehen furchtbare Kopfschmerzen. Ich hatte alles versucht, was mir eingefallen war, sogar ein Besuch bei einer Hexe. Zumindest glaube ich, dass ich eine Hexe besucht hatte. Ganz sicher war ich mir nicht, obwohl ich mich vage an einen düsteren Raum, eine hässliche Alte und einen Kessel erinnerte. Egal … nichts, was ich probierte, hatte geholfen. Die Schmerzen kamen jeden Morgen wieder. Heute war keine Ausnahme. Als die Qualen endlich nachließen, stellte ich fest, dass ich die meisten meiner morgendlichen Arbeiten bereits erledigt hatte. Ich hatte Gemüse auf dem großen Küchentisch bereitgelegt, den Wasserboiler angestellt, den Tisch nach dem Frühstück des Gesindes abgeräumt und das Geschirr weggestellt, nachdem es die Spülmaschine gesäubert hatte. Wahrscheinlich hatte ich selbst auch etwas gegessen, denn ich war nicht hungrig.

"Bonjour, chérie." Der Koch betrat die Küche und begrüßte alle seine Mitarbeiter mit denselben Worten. Ich stand stramm. Ein kurzer Blick nach unten zeigte mir, dass meine Schürze immer noch so weiß wie frisch gefallener Schnee war. Ich entspannte mich etwas und lächelte, als er mich als Letzte begrüßte. Er war nur wenige Jahre älter als ich und galt als der beste Koch der Welt – und ich war seine Beiköchin. Interessanterweise war er nicht, wie viele seiner Kollegen, von der Arbeit dick geworden. Er klopfte mir auf die Schulter.

„Olla, ma chérie, sin' wir soweit, den Brunch vorsubereiten?" Er zeigte auf den zentralen Küchentisch, auf dem neben dem Gemüse, das ich geholt hatte, ein Messerblock und verschieden große Brettchen lagen und über dem etliche Töpfe und Pfannen hingen. „Le roi und seine Familie werden in wenigen Stunden erwachen."

Ich wusste, dass der König und seine Familie gerne lange schliefen. Schließlich half ich jeden Tag, solange ich mich erinnern konnte, ihren Brunch zuzubereiten. Und da heute Mittsommer war, war es Froschtag. Ich schüttelte mich. Wie konnte ein einigermaßen gutmütiger Mensch wie unser König Frösche essen. Sie waren schleimig und ekelig, und wenn man es recht betrachtete war an ihnen nicht viel dran, das man essen konnte. Ich hasste es, ihnen die Hinterbeine abschneiden zu müssen, auch wenn der Koch derjenige war, der sie tötete.

Mit einem Seufzer machte ich mich auf den Weg in die Speisekammer, um die Frösche zu holen. Ich mochte die dunklen mit Vorräten vollgestopften Gewölbekeller nicht besonders. Irgendetwas stank immer nach Verwesung, ganz gleich wie oft die Kleinmagd die Regale nach verdorbenen Lebensmitteln absuchte. Das Glas mit den Fröschen stand wie immer auf seinem Tischchen neben der Tür zum Getreidekeller. Manchmal fragte ich mich, wie es dort hinkam. Ich hatte noch nie eine Lieferung entgegen genommen – und das war eigentlich meine Aufgabe als Beiköchin. Andererseits, vielleicht hatte ich die Waren morgens angenommen, wenn ich von den Schmerzen noch benommen war. Ich griff nach dem Glas mit sechs ziemlich fetten Fröschen.

„Holde Maid, bitte helft mir." Die Stimme klang als hätte jemand einen der Frösche verschluckt und ersticke nun daran.

Ein Einbrecher im königlichen Vorratslager? Ich sah mich um, konnte aber niemanden entdecken, nicht einmal die hungrigen Kinder, die vor dem Schloss herumlungerten und es gelegentlich bis in die Küche schafften.

„Wer ist da?"

„Ich bin hier drin." Einer der Frösche pochte gegen das Glas. Seine mit Schwimmhäuten verbundenen Finger waren zur Faust geballt. Ich schüttelte den Kopf. So etwas konnten Frösche doch nicht, oder?

„Ich bin kein Frosch. Ich bin ein Prinz."

„Ein Prinz?" Ich wusste nicht, was ich denken sollte.

„Ich wurde vor Kurzem in einen Frosch verwandelt. Du musst mir glauben." Die anderen Frösche bewegten sich, und er kämpfte darum, oben zu bleiben.

„Wenn ich es tun würde, wie soll ich Ihnen denn helfen?", fragte ich.

„Bring mich zur Prinzessin. Wenn sie mich küsst, werde ich meine wahre Gestalt zurückbekommen."

„Die Prinzessin wird nie im Leben einen Frosch küssen."

„Aber sie hat es versprochen. Ich habe ihren goldenen Ball geholt, als er ihr im Garten in den Teich gerollt ist."

Ich konnte mir lebhaft vorstellen, wie die leichtsinnige Prinzessin den Reichsapfel genommen hatte, um damit im Garten zu spielen. Wenn sie ihn im Teich verloren hatte, würde sie jedem, der ihn holte, das Blaue vom Himmel herunter versprechen, um ihn zurückzubekommen. Sie versuchte stets, ihren Vater nicht zu ärgern.

Mit einem Seufzer beugte ich mich zu dem Glas mit den Fröschen hinunter. Wenn ich noch lange blieb, bekäme ich Schwierigkeiten. Ich nahm mich zusammen und hob den Deckel gerade genug an, dass ich meine Hand hineinschieben konnte. Meine Finger zitterten, als ich nach dem sprechenden

Frosch griff, aber ich nahm in. Nicht, dass es mir gefiel, aber ich konnte den Koch doch kein Lebewesen töten lassen, das der menschlichen Sprache mächtig war. Ich stopfte ihn in die Brusttsche meiner Schürze und warnte ihn.

„Halt still. Wenn du dich bewegst, wird dich der Koch sehen, und das wäre der sichere Tod."

„Danke." Seine Stimme drang gedämpft durch den weißen Stoff. „Wenn ich meine rechte Form zurück habe, werde ich dich königlich belohnen."

„Ich verspreche dir nichts," flüsterte ich, nahm das Glas mit den Fröschen und ging in die Küche zurück.

„Wo warst du so lange?" Tränen liefen dem Koch über die Wangen, weil er Zwiebeln würfelte. Tschop, tschop, tschop ging es. Ich spürte, wie das Herz des Frosches schneller schlug.

„Die Frösche waren nicht an ihrem gewohnten Platz." Das war eine gute Ausrede, denn die königlichen Vorratskeller waren riesig. Wenn etwas nicht dort war, wo es hingehörte, konnte man es lange suchen. „Außerdem dachte ich, ich hätte jemanden reden hören."

„Das muss einer der Fröschen gewesen sein," meinte der Koch. Ich erstarrte.

„Ein sprechender Frosch?"

„Mais oui." Er sah von seinem Schneidbrett auf und deutete auf die Karotten. „Fange bitte mit deiner Arbeit an."

„Aber ein sprechender Frosch …" Ich stellte das Glas ab und begann, Möhren zu säubern.

„Es ist immer mindestens einer in dem Glas." Er sah nicht wieder von seiner Arbeit auf, aber mir kam es so vor, als würde er stärker weinen. „Er ist für die Prinzessin."

„Warum zum Henker will eine Prinzessin einen sprechenden Frosch essen?"

Der Koch sah sich in der Küche um, während er die Tränen fortblinzelte. Alle waren damit beschäftigt, das Morgenmahl der königlichen Familie vorzubereiten. Menschen liefen hin und her, aber niemand sah zu uns. Als er sich wieder zu mir umdrehte war sein sonst so fröhliches Gesicht ernst. „Sie ist nischt die rischtige Prinzessin. Sie muss jedes Jahr einen spreschenden Frosch essen, um weiter wie die eschte Prinzessin aussusehen."

Mein Kiefer fiel herunter, und ein leises Quaken erklang aus meiner Schürzentasche. Zum Glück klang der Aufschrei des Frosches wie ein Rülpser. Der Koch runzelte die Stirn, und ich hielt mir schnell die Hand vor den Mund.

„Verzeihung", sagte ich hinter meiner Hand. „Sagtest du, die Prinzessin sei nicht die Prinzessin?"

„Sie ist eine 'exe, ma chérie." Der Koch fuhr fort, Zwiebeln zu schneiden. „Sie 'at die eschte Prinzessin fortgesaubert."

„Warum erzählst du mir das?" Ich beugte mich vor, ohne mit der Arbeit aufzuhören. „Und warum jetzt?"

„Je suis … wie sagt man …" Er legte das Messer ab, schob das Brett mit den gehackten Zwiebeln beiseite und wartete, bis es von einem Diener abgeholt wurde. Einer der Unterköche würde die Zwiebeln blanchieren. „My vie – mein Leben – war misérable. Also machte isch ein Geschäft mit die 'exe. Sie machte mich su dem besten Koch des Landes, und isch war nischt in der Lage, jemandem vor meinem Todestag davon zu ersählen."

„Du wirst heute sterben? Aber du bist kaum älter als ich!"

„Isch bin es leid, ma famille zu morden." Er nahm das Glas mit den Fröschen und ging zu einem der Fenster, die direkt über dem Burggraben waren. Als er es geöffnet hatte, goss er die Frösche aus dem Glas. Dann drehte er sich um. „Sie wird es wissen. Beeile disch und küsse die Frosch."

„Aber er muss von einer Prinzessin geküsst werden."

„Gans genau." Der Koch lächelte mir zu, und mein Gehirn war wie betäubt. Ich? Eine Prinzessin? Aber auf eine seltsam verdrehte Art ergab das einen Sinn. Wenn die Hexe den Platz der Prinzessin eingenommen hatte, musste sie die echte losgeworden sein. Und wo konnte man sie besser verstecken als als Magd in der königlichen Küche? So konnte sie mich immer im Auge behalten, und niemand würde meine Identität herausfinden.

„Verräter!" Die Stimme der Prinzessin schnitt durch das Gebrumm in der Küche wie ein Messer. Sofort herrschte Totenstille, und ich starrte zur Tür, wo die schönste Frau eingetreten war, die ich je gesehen hatte. Mit ihr kamen eine handvoll Wachen. Sie zeigte auf mich und den Koch. „Tötet sie! Sofort! Sie versuchen, die Speisen des Königs zu vergiften."

Die Wachen zogen ihre Schwerter und liefen durch die Küche. Zum Glück war sie sehr groß, was mir die Zeit gab, den Frosch aus meiner Schürzentasche zu ziehen und meine Lippen gegen sein widerlich schleimiges Maul zu drücken. Grün-blaue Wolken hüllten uns ein. Als sich der Rauch verzog, waren die Wachen stehen geblieben. Alle starrten mich an … und den jungen Mann neben mir. Er war nackt. Seine breiten Schultern und die kräftigen Bauchmuskeln ließen mir die Knie weich werden. Bei seinem freundlichen Lächeln wurde ich rot.

„Danke", flüsterte er. Dann zeigte er auf die falsche Prinzessin. „Packt die Hexe."

Instinktiv gehorchten die Wachen und drehten sich um, während ich mit fliegenden Fingern meine Schürze löste und sie ihm als zeitweiligen Lendenschurz zur Verfügung stellte. Als ich wieder aufsah, krümmten sich die Wachen mit schmerzverzerrten Gesichtern auf dem Boden. Schreiend rannten Bedienstete durch die Küche und versuchten, durch die wenigen Türen zu entkommen. Eine Figur wie aus einem Albtraum flog auf uns zu. Wie sehr sich die falsche Prinzessin doch verändert hatte … Ihr vormals weißes Kleid war zu einem schwarzen Lumpen geworden, der um sie flatterte. Ihre früher so delikaten Gesichtszüge waren zu einer faltigen, vor Hass verzerrten Maske verschrumpelt, und ihre krallenartigen Fingernägel streckten sich meiner Kehle entgegen. Der Prinz schubste mich im letzten Moment zur Seite. Schmerz explodierte in meiner Hüfte, als ich gegen den Küchentisch knallte. Der Prinz packte die Hexe und schwang sie herum. Ihre Krallen hinterließen lange, blutige Furchen auf seiner Brust. Sie murmelte vor sich hin – vermutlich einen Zauber. Der Prinz brauchte dringend eine Waffe. Ich nahm das größte Messer vom Tisch, das ich finden konnte, und hielt es ihm hin. In genau dem Augenblick griff die Hexe erneut an und der Prinz schwang sie in meine Richtung. Mit der Brust voran spießte sie sich auf dem Messer auf. Schwarzer Rauch quoll aus der Wunde, aber kein Tropfen Blut. Ein Wutschrei verließ ihre Lippen, und sie griff nach mir. Ich schob sie und das Messer mit aller Kraft von mir und trat ein paar Schritte zurück. Wieso lebte sie noch?

„Le feu. 'exen müssen brennen in die Feuer", rief mir eine leise Stimme zu. Es war ein Wunder, dass ich sie bei dem Lärm, der in der Küche herrschte, überhaupt hörte. Die Hexe griff erneut an, aber jetzt war ich vorbereitet. Ich trat in die Richtung der offenen Herdstelle zurück, wo ein Diener ein Spanferkel hatte braten sollen. Jetzt verbruzelte es im Feuer und jeder Tropfen seines Fettes heizte die Flammen stärker an. Noch einmal griff die Hexe nach mir. Diesmal wich ich ihr nicht aus. Ich packte ihre Hände und riss sie vorwärts. Zwei Mägde rannten schreiend auseinander und zertrampelten dabei alles, was ihnen in die Quere kam. Die Hexe versuchte anzuhalten, aber der Schwung war zu stark. Sie stolperte und fiel mit dem Kopf voran ins Feuer. Mit einem Brüllen verschlangen sie die Flammen.

Schmerz schnitt durch mein Gehirn, der schlimmer war als alles, was ich morgens fühlte. Aber er ließ sehr schnell nach, und dann überfluteten mich die Erinnerungen. Es kam alles zurück. Ich erinnerte mich an das Picknick im Park vor fünf Jahren mit meinen Eltern, dem König und der Königin, und daran, dass mich eine ältere Dame auf einem Spaziergang um den See begleitete. Ich erinnerte mich an die Schmerzen, die ich im Hexenhaus ertragen musste, als sich die Hexe mein Gesicht stahl, und wie sie mich als tot hatte liegen lassen. Ich erinnerte mich daran, wie mich der Koch gefunden und bei sich aufgenommen hatte, bis es mir besser ging, und wie er mir meine Arbeit zugeteilt hatte. Als die Flammen nach wenigen Sekunden erstarben, war von der Hexe nichts übrig, und ich war mir endlich ganz und gar sicher, dass ich die Prinzessin war.

Der Prinz, der nun in einen Umhang einer der Wachen gewickelt war, trat zu mir und sank auf ein Knie.

„Ihr habt mir das Leben gerettet, holde Prinzessin. Bitte erweist mir die Ehre und werdet meine Frau."

„Meint ihr nicht, dass es besser wäre, wenn wir uns zunächst ein wenig kennenlernen würden?" fragte ich, aber ich betrachtete seinen kräftigen Körper mit Freude. Wenn sein Charakter mit seinem Körper mithalten konnte, wäre er sicherlich ein akzeptabler Ehemann. Dann sah ich mich nach dem Koch um. Er hatte mir mehr als einmal das Leben gerettet, und dem Prinzen auch. Er musste selbstverständlich belohnt werden. Doch ich konnte ihn nicht finden. Er war weder bei den Mägden noch bei den anderen Köchen, weder drinnen, noch draußen. Ich suchte ihn überall und mit jeder verstreichenden Minute wurde mein Herz schwerer. War er wirklich tot? Endlich, ich wollte bereits aufgeben, entdeckte ich den zerquetschten Körper eines kleinen Frosches unter dem Fenster, durch dass der Koch das Glas entleert hatte. Ich nahm ihn vorsichtig in die Hände. Diesmal ekelte ich mich nicht, obwohl er wegen des Blutes noch schleimiger war als sonst. Jemand musste ihn während der Panik aus Versehen zertreten haben. Er lebte noch – gerade eben so.

„Es tut mir leid", sagte ich.

„Das 'ast du gut gemacht." Seine Stimme klang wie die des Prinzen vorhin im Vorratskeller. Er hustete. „Isch wusste, dass isch an dem Tag sterben würde, an dem isch dir die Wahr'eit sagen würde."

„Danke für alles", sagte ich. Sehr, sehr vorsichtig hob ich ihn an meine Lippen und küsste den winzigen Mund. Er zitterte kurz und wurde dann schlaff. Noch einmal quoll Rauch aus meinen Händen, aber diesmal war er weiß. Als er sich verzog, lag der Koch auf dem Boden vor mir. Welche Art Magie war das? Mein Herz raste, und ich hielt die Luft an. Die Figur am Boden erzitterte und setzte sich auf. Mit großen Augen starrte mich der Koch an.

"Je suis en vie." Seine Stimme klang immer noch wie die eines Frosches. „Das ist ein Wunder!"

Mir wurde das Herz weit, und der letzte Gedanke an den Prinzen verblasste. Ich legte meine Arme um meinen Koch und sagte: „Übrigens, mein Name ist Isabelle." Dann küsste ich ihn noch einmal.

DAS ORIGINAL: DORNRÖSCHEN

Gebrüder Grimm

Vor Zeiten war ein König und eine Königin, die sprachen jeden Tag: „Ach, wenn wir doch ein Kind hätten!" und kriegten immer keins. Da trug sich zu, als die Königin einmal im Bade saß, dass ein Frosch aus dem Wasser ans Land kroch und zu ihr sprach: „Dein Wunsch wird erfüllt werden, ehe ein Jahr vergeht, wirst du eine Tochter zur Welt bringen."

Was der Frosch gesagt hatte, das geschah, und die Königin gebar ein Mädchen, das war so schön, dass der König vor Freude sich nicht zu lassen wusste und ein großes Fest anstellte. Er lud nicht bloß seine Verwandten, Freunde und Bekannten, sondern auch die weisen Frauen dazu ein, damit sie dem Kind hold und gewogen wären. Es waren ihrer dreizehn in seinem Reiche, weil er aber nur zwölf goldene Teller hatte, von welchen sie essen sollten, so musste eine von ihnen daheim bleiben.

Das Fest ward mit aller Pracht gefeiert, und als es zu Ende war, beschenkten die weisen Frauen das Kind mit ihren Wundergaben: die eine mit Tugend, die andere mit Schönheit, die dritte mit Reichtum, und so mit allem, was auf der Welt zu wünschen ist. Als elf ihre Sprüche eben getan hatten, trat plötzlich die dreizehnte herein. Sie wollte sich dafür rächen, dass sie nicht eingeladen war, und ohne jemand zu grüßen oder nur anzusehen, rief sie mit lauter Stimme: „Die Königstochter soll sich in ihrem fünfzehnten Jahr an einer Spindel stechen und tot hinfallen." Und ohne ein Wort weiter zu sprechen, kehrte sie sich um und verließ den Saal. Alle waren erschrocken, da trat die zwölfte hervor, die ihren Wunsch noch übrig hatte, und weil sie den bösen Spruch nicht aufheben, sondern nur ihn mildern konnte, so sagte sie: „Es soll aber kein Tod sein, sondern ein hundertjähriger tiefer Schlaf, in welchen die Königstochter fällt."

Der König, der sein liebes Kind vor dem Unglück gern bewahren wollte, liess den Befehl ausgehen, dass alle Spindeln im ganzen Königreiche verbrannt werden. An dem Mädchen aber wurden die Gaben der weisen Frauen sämtlich erfüllt, denn es war so schön, sittsam, freundlich und verständig, dass es jedermann, er es ansah, lieb haben musste. Es geschah, dass an dem Tage, wo es gerade fünfzehn Jahr alt ward, der König und die Königin nicht zu Haus waren, und das Mädchen ganz allein im Schloss zurückblieb. Da ging es allerorten herum, besah Stuben und Kammern, wie es Lust hatte, und kam endlich auch an einen alten Turm. Es stieg die enge Wendeltreppe hinauf, und gelangte zu einer kleinen Türe. In dem Schloss steckte ein verrosteter Schlüssel, und als es umdrehte, sprang die Türe auf, und saß da in einem kleinen Stübchen eine alte Frau mit einer Spindel und spann emsig ihren Flachs.

„Guten Tag, du altes Mütterchen," sprach die Königstochter, „was machst du da?"

„Ich spinne," sagte die Alte und nickte mit dem Kopf.

„Was ist das für ein Ding, das so lustig herumspringt?", sprach das Mädchen, nahm die Spindel und wollte auch spinnen. Kaum hatte sie aber die Spindel angerührt, so ging der Zauberspruch in Erfüllung, und sie stach sich damit in den Finger. In dem Augenblick aber, wo sie den Stich empfand, fiel sie auf das Bett nieder das da stand, und lag in einem tiefen Schlaf.

Und dieser Schlaf verbreite sich über das ganze Schloss: der König und die Königin, die eben heimgekommen waren und in den Saal getreten waren, fingen an einzuschlafen und der ganze Hofstaat mit ihnen. Da schliefen auch die Pferde im Stall, die Hunde im Hofe, die Tauben auf dem Dache, die Fliegen an der Wand, ja, das Feuer, das auf dem Herde flackerte, ward still und schlief ein, und der Braten hörte auf zu brutzeln, und der Koch, der den Küchenjungen, weil er etwas versehen hatte, in den Haaren ziehen wollte, ließ ihn los und schlief. Und der Wind legt sich, und auf den Bäumen vor dem Schloss regte sich kein Blättchen mehr. Rings um das Schloss aber begann eine Dornenhecke zu wachsen, die jedes Jahr höher ward, und endlich das ganze Schloss umzog und darüber hinauswuchs, dass gar nichts davon zu sehen war, selbst nicht die Fahne auf den Dach.

Es ging aber die Sage in dem Land von dem schönen schlafenden Dornröschen, denn so ward die Königstochter genannt, also dass von Zeit zu Zeit Königssöhne kamen und durch die Hecke in das Schloss dringen wollten. Es war ihnen aber nicht möglich, denn die Dornen, als hätten sie Hände, hielten fest zusammen, und die Jünglinge blieben darin hängen, konnten sich nicht wieder losmachen und starben eines jämmerlichen Todes.

Nach langen Jahren kam wieder einmal ein Königssohn in das Land, und hörte, wie ein alter Mann von der Dornenhecke erzählte, es sollte ein Schloss dahinter stehen, in welchem eine wunderschöne Königstochter, Dornröschen genannt, schon seit hundert Jahren schliefe, und mit ihr der König und die Königin und der ganze Hofstaat. Er wusste auch von seinem Großvater, dass schon viele Königssöhne gekommen wären und versucht hätten, durch die Dornenhecke zu dringen, aber sie wären darin hängengeblieben und eines traurigen Todes gestorben.

Da sprach der Jüngling: „Ich fürchte mich nicht, ich will hinaus und das schöne Dornröschen sehen."

Der gute Alte mochte ihm abraten, wie er wollte, er hörte nicht auf seine Worte. Nun waren aber gerade die hundert Jahre verflossen, und der Tag war gekommen, wo Dornröschen wieder erwachen sollte. Als der Königssohn sich der Dornenhecke näherte, waren es lauter grosse schöne Blumen, die taten sich von selbst auseinander und ließen ihn unbeschädigt hindurch, und hinter ihm taten sie sich wieder als Hecke zusammen. Im Schlosshof sah er die Pferde und scheckigen Jagdhunde liegen und schlafen, auf dem Dach saßen die Tauben und hatten das Köpfchen unter den Flügel gesteckt. Und als er ins Haus kam, schliefen die Fliegen an der Wand, der Koch in der Küche hielt noch die Hand, als wollte er den Jungen anpacken, und die Magd saß vor dem schwarzen Huhn, das sollte gerupft werden.

Da ging er weiter und sah im Saale den ganzen Hofstaat liegen und schlafen, und oben bei dem Throne lag der König und die Königin. Da ging er noch weiter, und alles war so still, dass einer seinen Atem hören konnte, und endlich kam er zu dem Turm und öffnete die Türe zu der kleinen Stube, in welcher Dornröschen schlief. Da lag es und war so schön, dass er die Augen nicht abwenden konnte, und er bückte sich und gab ihm einen Kuss.

Wie er es mit dem Kuss berührt hatte, schlug Dornröschen die Augen auf, erwachte, und blickte ihn ganz freundlich an. Da gingen sie zusammen herab, und der König erwachte und die Königin und der ganze Hofstaat, und sahen einander mit großen Augen an. Und die Pferde im Hof standen auf und rüttelten sich; die Jagdhunde sprangen und wedelten; die Tauben auf dem Dache zogen das Köpfchen unterm Flügel hervor, sahen umher und flogen ins Feld; die Fliegen an den Wänden krochen weiter; das Feuer in der Küche erhob sich, flackerte und kochte das Essen; der Braten fing wieder an zu brutzeln; und der Koch gab dem Jungen eine Ohrfeige, dass er schrie; und die Magd rupfte das Huhn fertig.

Und da wurde die Hochzeit des Königssohns mit dem Dornröschen in aller Pracht gefeiert, und sie lebten vergnügt bis an ihr Ende.

DER ZWERG UND DIE ZWILLINGE
SCHNEEWEISSCHEN UND ROSENROT
Schätze Neu Erzählt 1

Es war einmal in einer Welt, in der Magie und Technik mit unerwarteten Konsequenzen aufeinander treffen …

Als Martin einer schwangeren Frau hilft, vor den Häschern des Königs zu fliehen, ahnt er nicht, dass die Zwillinge, die sie in sich trägt, sein einsames Leben für immer verändern werden.

Was wäre, wenn wenn die Brüder Grimm den Zwerg in „Schneeweißchen und Rosenrot" missverstanden hätten?

Das Buch enthält das Original und eine Bonusgeschichte.

ISBN 978-3-95681-028-2
auch als eBook erhältlich

Lass dich über Neuerscheinungen informieren und hole dir den ersten Band als kostenloses eBook:

http://de.katharinagerlach.com/leserinnen

SCHWANENPRINZ
DIE SIEBEN SCHWÄNE
Schätze Neu Erzählt 7

Es war einmal in einer Welt, in der Magie und Technik mit unerwarteten Konsequenzen aufeinander treffen …

Beim Besuch der königlichen Familie des Nachbarreichs, gibt Prinz Laurent der Prinzessin einen Korb – mit schlimmen Auswirkungen. In Schwäne verwandelt fliehen er und seine Brüder, mit ihrer Schwester in einem Flugapparat auf den Fersen. Doch dann stürzen sie ab und landen auf einem Friedhof. Können sie ihre menschliche Form zurückgewinnen, bevor sie die wütende Prinzessin einholt? Und was ist mit dem seltsamen Geist, zu dem sich Laurent hingezogen fühlt?

Was wäre, wenn Hans Christian Andersen übersehen hätte, wozu „Die wilden Schwäne" fähig sind?

Das Buch enthält das Original und eine Bonusgeschichte.

ISBN 978-3-95681-067-1
auch als eBook erhältlich